SEIN LETZTER
WUNSCH
1

Regen klopfte gegen die Windschutzscheibe und hatte den schmalen Forstweg, der sich in Serpentinen den Waldstein hinaufschlängelte, in eine Schlammpiste verwandelt. Kriminalkommissarin Bea Römer schaltete runter in den ersten Gang, der Weihnachtself auf dem Armaturenbrett wackelte mit und winkte ihr lächelnd zu, doch nicht mal er vermochte Bea heute aufzuheitern. Sie nippte an ihrem Thermobecher. Der Kaffee war nur noch lauwarm. Eine ganze Stunde früher war sie aufgestanden, um pünktlich um acht Uhr in der Hofer Dienststelle zu sein. Umsonst, wie sich herausgestellt hatte. Ihr tschechischer Kollege auf Zeit, den sie bisher nur aus E-Mails kannte, hatte ihr ohne Begründung kurzfristig per SMS abgesagt und mitgeteilt, er würde direkt zum Leichenfundort kommen. Bea war kein Morgenmensch und sie hasste Unzuverlässigkeit. Kein guter Start für diese Ermittlung, die ohnehin schon außergewöhnlich genug war. Stattdessen saß jetzt Reul, der forensische Anthropologe, auf dem Beifahrersitz und klammerte sich mit beiden Händen an den Angstgriff über dem Fenster. Seit sie auf den Forstweg aufgefahren waren, sah er angestrengt über seine rechte Schulter den bewaldeten Abhang hinunter, der in einen aufgelassenen Granitsteinbruch mündete, und schwieg. Monoton schrappten die Scheibenwischer über die Windschutzscheibe.

Bea schaltete hoch in den zweiten Gang und wich einem Felsen aus, der in den matschigen Forstweg hineinragte. „Nur noch ein halber Kilometer."

„Kurz vorm Ziel kann man auch draufgehen", antwortete Reul trocken, ohne seinen Blick vom Abhang abzuwenden.

Bea verkniff sich eine Antwort, sonst würde sich Reul nur weiter in seinen möglichen Tod hineinsteigern. Außerdem war sie in Gedanken sowieso schon bei dem neuen Fall, und bei ihrer Freundin Eva, die sie lieber unter anderen Umständen wiedergetroffen hätte.

Der Motor von Beas Wagen lief noch, als Reul die Autotür aufriss und die Flucht ergriff. Doch mit dem Überstreifen des weißen Schutzanzugs schien er auch seine Angst abgelegt zu haben, und während sie sich dem Leichenfundort näherten, der von einem bodenfreien Zelt vor der Witterung geschützt war, referierte er bereits über sein Fachgebiet. „Knochen erzählen das Leiden des Menschen im Moment seines Sterbens. Aber auch die Spuren, die das Leben im Skelett hinterlassen hat, erzählen eine Geschichte. Wie zum Beispiel eine Operation, eine Behinderung oder ein Unfall."

Bea, die so wie Reul in einem weißen Schutzanzug steckte, ging auf dem Pfad, den die Kriminaltechnik markiert hatte, voraus und schmunzelte über Reuls neu erwachte Redseligkeit.

Von der Spurensicherung aufgestellte Scheinwerfer beleuchteten die skelettierte Leiche, die in einer Grube zwischen zwei Felsbrocken lag. Die Knochen waren bereits von der Erde befreit worden und bereit für den Abtransport in die Rechtsmedizin. Reul verstummte, während er sich die Knochen näher besah.

Es war Anfang Dezember und hatte noch nicht geschneit, was für das Fichtelgebirge ungewöhnlich war. Sonst tummelten sich um diese Jahreszeit Wintersportler auf den zahlreichen Loipen und Pisten der Gegend. Und wären die geothermischen Probebohrungen der Uni Bamberg nicht gewesen, wäre dieses Erdloch im Grenzgebiet zu Tschechien vermutlich ein Grab für die Ewigkeit geworden.

Bea sah zu Reul. „Können Sie schon etwas zur Todesursache sagen?"

„Nach gut zehn Jahren im insektenreichen Waldboden wird die genaue Todesursache nur schwer feststellbar sein, doch die sternförmigen Defekte des Schädeldaches deuten auf einen Schuss aus nächster Nähe hin. Womöglich ein absoluter Nahschuss."

Bea ging für den Polizeifotografen einen Schritt zur Seite. „Ein frontaler Einschuss?"

Reul legte den Kopf schief und dachte nach. Der Regen hatte inzwischen nachgelassen und klopfte nur noch sanft aufs Zeltdach. „Könnte sein. Nach dem CT weiß ich mehr", sagte er schließlich und deutete auf den linken Unterarmknochen der skelettierten Leiche. „Sehen Sie diesen Bruch an der Elle?"

Bea nickte.

„Das muss kurz vor dem Tod passiert sein, denn der Knochen ist nicht mehr zusammengewachsen. Genaueres steht in meinem Bericht. Habe die Ehre", Reul tippte sich an die Stirn, gab seinem Assistenten, der den Abtransport der Leiche überwachte, noch letzte Anweisungen und mühte sich die Böschung hinauf zum Forstweg. Nicht ohne Bea noch einmal zuzurufen, dass er seinen Rückweg mit der Feuerwehr antreten würde.

Bea ging in die Hocke, ihr weißer Schutzanzug knisterte leise. Das Skelett war vollständig freigelegt und intakt, die Reste eines blauen Herrenhemdes hingen in Fetzen von den Rippen. Die kriminaltechnische Untersuchung würde ergeben, dass es sich bei dem Hemd um eine handgenähte Maßanfertigung aus ägyptischer Baumwolle handelte. Eva hatte einmal den Fehler gemacht und ihrem Vater ein Polyesterhemd aus dem Kaufhaus geschenkt, danach musste Bea sie einen ganzen Nachmittag trösten. Es gehörte zu Beas Beruf, Todesnachrichten zu überbringen, aber diesmal würde sie einer ehemaligen Klassenkameradin mitteilen müssen, dass man die sterblichen Überreste ihres Vaters nach Jahren der Ungewissheit endlich gefunden hatte.

SPERRUNG
3
1

SEIN LETZTER
WUNSCH
2
POLIZEIABSPERRUNG

Obwohl mit Feuerwehr, Polizei und Spurensicherung seit dem Vortag reges Treiben am Leichenfundort herrschte, war die geheimnisvolle Ruhe, die der Waldstein ausstrahlte, immer noch spürbar. Hier auf der Nordostseite, weitab von den Touristenattraktionen wie dem Bärenfang, der Burgruine und den malerischen Buchenwäldern und Felsformationen, von denen schon Goethe geschwärmt hatte, dominierte der Fichtenwald. Zwischen den Stämmen ragten bemooste Felsen in den bizarrsten Formen aus der Erde. Kaum ein Lichtstrahl verirrte sich bis auf den Waldboden, die Luft war feucht und roch erdig.

Die dunkle Seite des Waldsteins.

Bea streifte gerade ihren Schutzanzug ab, als sie bemerkte, wie jemand von einer der Einsatzkräfte daran gehindert wurde, hinunter zum Leichenfundort zu steigen.

„Allmächd! Alles scho online", seufzte ein Uniformierter in der Nähe in tiefstem Fränkisch und streckte ihr das Display seines Handys entgegen.

„Dr. Gerd Opitz, Geschäftsführer der FranTex, nach zehn Jahren ermordet aufgefunden", las Bea die Schlagzeile laut vor und stieg, einen Fluch auf den Lippen, die Böschung zum Forstweg hinauf. Das Ergebnis des DNA-Abgleiches lag keine vierundzwanzig Stunden vor und war bereits an die Presse durchgesickert.

Schon nach wenigen Schritten war sich Bea sicher, dass es Eva war, die gerade versuchte, unter dem rot-weißen Polizeiabsperrband hindurchzuschlüpfen. Sie erkannte Eva an ihrer zierlichen Figur, den rotblonden Locken, die ihren Kopf engelsgleich umrahmten, und nicht zuletzt an der energischen Art, mit der Eva schon in der Schule so manchen Lehrer an den Rand der Verzweiflung getrieben hatte.

„Lassen Sie mich vorbei! Ich habe das Recht, meinen Vater zu sehen!", schrie Eva einen Nachwuchspolizisten an.

Bea stellte sich dazwischen. „Ich übernehme das", sagte sie an den Uniformierten gewandt. Er nickte Bea fast dankbar zu und entfernte sich ein paar Schritte, während ihre ehemalige Schulfreundin die Gelegenheit ergriff und versuchte, sich an Bea vorbeizudrängeln. Bea hielt sie am Arm fest. „Eva, bleib stehen."

Irritiert blickte Eva sie an. „Trixie?"

Bea nickte. Trixie, die Abkürzung für Beatrix. So hatte sie seit der Schulzeit niemand mehr genannt. „Ich bin die zuständige Kommissarin."

„Ich dachte, du schreibst in München Falschparker auf?"

„Das hab ich auch mal, ist aber fast zehn Jahre her."

„Und jetzt fängst du ...?“ Eva brach ab und musterte sie.

Bea nickte. „Mörder. Ja, jetzt fange ich Mörder.“

„Hier, bei uns?“

„Erst seit ein paar Wochen.“ Bea seufzte. „Tut mir leid, dass wir uns unter diesen Umständen wiedersehen.“

Eva blickte an Eva vorbei zum Zelt, das den Leichenfundort schützte. „Stimmt es, was in den Nachrichten steht?“

Bea nickte. „Es tut mir leid.“

Eva fiel ihr um den Hals und schluchzte auf. Die unerwartete Nähe schreckte Bea kurz auf. Doch dann schlang sie zögerlich ihre Arme um Eva und spürte, wie angespannt der zierliche Körper ihrer Freundin war. Der Regen hatte inzwischen aufgehört und der Geruch von Harz lag in der Luft. Dichter Nebel filterte in der Morgensonne durch die Fichten und brach sich an den Regentropfen, die im Moos und in den Bäumen hingen. Als Kind hatte Bea noch an die Berggeister, Trolle und Hexen geglaubt, die hier ihr Unwesen treiben sollten. Heute wusste sie, dass die wahre Gefahr von ihren Mitmenschen ausging.

Plötzlich löste sich Eva mit einem Ruck aus der Umarmung und blickte an Bea vorbei zur Bergungsmannschaft, die gerade die sterblichen Überreste ihres Vaters abtransportierte. Eva begann, am ganzen Leib zu zittern, und wäre zu Boden gesackt, hätte Bea sie nicht im letzten Augenblick gestützt und zu einem Findling geführt. Sie saßen Seite an Seite, den Leichenfundort im Rücken. Darauf hatte Bea geachtet. Und während sie darauf wartete, dass sich Eva beruhigte, fragte sie sich, wer die Identität der Leiche an die Presse gegeben hatte. Kein Mensch sollte vom Tod eines nahen Angehörigen aus der Zeitung erfahren, und dass es jetzt ausgerechnet Eva traf, machte Bea besonders zu schaffen.

SEIN LETZTER WUNSCH

3

„Ich wollte mich so oft bei dir melden …“ Eva drückte Beas Hand. „Vielleicht ist es Schicksal, dass ausgerechnet du ermittelst. Das ist ein gutes Zeichen.“ Sie wischte sich eine Träne von der Wange.

Bea fühlte sich schuldig, denn es wäre eigentlich an ihr gewesen, sich bei Eva zu melden, spätestens als Eva den Suchaufruf für ihren Vater in den sozialen Medien verbreitet hatte. Bea lebte zu der Zeit schon in München, aber eine Entschuldigung war das natürlich nicht.

Plötzlich hörte Bea ein Knacken im Geäst und fuhr herum, da streckte ihr der Mann in der abgetragenen schwarzen Lederjacke bereits seine Hand entgegen. „Milan Svoboda, Mordkommission Nordböhmen.“

Bea erwiderte sein schiefes Lächeln nicht, bemerkte aber die schmale Narbe auf seiner Wange, die sich wie eine helle Schneise durch den kupfern schimmernden Dreitagebart zog. Sie stand auf und schüttelte ihm kurz die Hand. „Sie sind zu spät.“

„Ein Toter hat es nicht mehr eilig!“

„Von dem Toten war auch keine Rede!“

„Und ich dachte immer, die deutsche Pünktlichkeit ist nur ein Klischee.“

Bea fiel auf, wie weich und beinahe gesungen ihr Kollege Deutsch sprach, und sie bemühte sich um einen sachlichen Tonfall.

„Nicht, wenn Sie Wert auf eine gute Zusammenarbeit legen!“

„Hallo? Geht's noch?“, meldete sich Eva zu Wort, die noch zwischen Bea und Milan auf dem Felsbrocken saß und empört zu ihnen aufsah. „Der Tote war zufällig mein Vater!“ Sie stürmte zu einem geparkten schwarzen Mercedes SUV, stieg ein und knallte die Tür zu.

Bea rief ihr hinterher, aber Eva reagierte nicht und fuhr viel zu schnell den gewundenen Forstweg hinab.

„Entschuldigung …“, hörte Bea Milan murmeln, während sie Evas SUV nachsah, der zwischen den Fichten verschwand.

Bea seufzte. „Eva hatte sich gerade wieder beruhigt, ich hätte ihr gerne noch ein paar Fragen gestellt …“ Sie holte aus ihrer Jackentasche eine angebrochene Packung Nikotinkaugummis und drückte einen davon aus der Blisterverpackung. „Und wieso haben Sie mich überhaupt versetzt?“

Als Bea wieder aufsah, streifte Milan gerade an einem Sternchenmoos den Matsch von seinen Turnschuhen. „Unsere Akten zu diesem Fall wurden noch nicht vollständig digitalisiert, deshalb habe ich das heute Morgen selbst noch spontan erledigt.“ Er lächelte verlegen.

„Sie sind also ein Mann der Tat.“ Bea schob sich den Nikotinkaugummi in den Mund. „Geben Sie ruhig zu, dass Sie sich hoffnungslos auf dem Forstweg verfranzt haben und deshalb zu spät gekommen sind“, schob sie grinsend nach.

Milan runzelte die Stirn. „Verfranzt?“

„Verfahren“, half ihm Bea vokabularisch auf die Sprünge und ließ eine winzige Kaugummiblase platzen.

Milan grinste zurück. „Erwischt. Das Navi war leider auch keine große Hilfe.“

Bea folgte Milan zu seinem Dienstwagen, einem grauen Škoda, der ihr viel zu brav für einen Typen wie ihn schien.

Er öffnete den Kofferraum, zog ein Tablet aus seinem Rucksack, klappte es auf und wischte sich durch mehrere auf Tschechisch beschriftete Ordner. Obwohl Bea hier in der Grenzregion aufgewachsen war, sprach sie bis auf *Dobrý Den* und *Ahoj* kein einziges Wort.

Milan öffnete einen Ordner, der mit *Fotky* beschriftet war, und tippte auf die erste Datei. Eine Großaufnahme von Opitz’ völlig ausgebranntem BMW erschien auf dem Bildschirm. Man hatte den Wagen einen Monat nach Opitz’ Verschwinden auf einem Schrottplatz in Franzensbad entdeckt, keine fünfzig Autominuten vom Leichenfundort entfernt. „Völlig ausgeschlachtet“, sagte Milan, „keinerlei verwertbare Spuren.“

Die Kollegen, die zehn Jahre zuvor mit dem Verschwinden von Gerd Opitz betraut waren, zogen auch einen Autodiebstahl in Betracht. Doch ohne Leiche und ohne verwertbare Spuren am Fahrzeug liefen damals alle Spuren ins Leere. Auch die Tatsache, dass Opitz über mehrere Tage nicht vermisst gemeldet wurde, erschwerte die Ermittlungen sehr.

Milan öffnete eine zweite Datei und eine Aufnahme von Opitz’ skelettierter Leiche ploppte auf. „Aber das hier ...“

Bea wusste sofort, worauf Milan hinauswollte, und vervollständigte seinen Satz: „... ist persönlicher."

Milan nickte. „Seine Geldbörse samt Inhalt waren unberührt und die Rolex an seinem Handgelenk ... Ich meine, welcher Autodieb lässt sich eine Rolex entgehen?“

„Opitz war kein Zufallsopfer.“ Milan strich sich mit den Fingern über sein Kinn.

„Genügend Feinde hatte Opitz wohl“, sagte Bea. „Er war für die Verlagerung Hunderter Arbeitsplätze nach Tschechien verantwortlich. Seine Hauswand war mit *Kapitalistensau* beschmiert worden, und es lag sogar eine Morddrohung gegen ihn vor, geschickt von einem entlassenen Arbeiter. Laut den Akten ...“ Bea brach ab und folgte Milans Blick zum Leichenfundort, wo anscheinend ein Fund unter den Mitarbeitern der Spurensicherung für Aufregung sorgte.

4
1 2 3 4 5

SEIN LETZTER WUNSCH

4

„Frau Kommissarin …“ Der junge Polizist, den Bea vor Eva in Schutz genommen hatte, eilte auf sie zu und zeigte zum Leichenfundort. „Es wurde eine Patronenhülse gefunden.“

Bea lief, gefolgt von Milan, zum Rand der Böschung, wo ihr ein Mitarbeiter der Spurensicherung ein durchsichtiges Beweissicherungsbeutelchen mit einer Patronenhülse aus Messing übergab.

Bea warf einen kurzen Blick darauf und reichte die Patronenhülse an Milan weiter. „Der forensische Anthropologe hatte bereits vermutet, dass das Opfer möglicherweise durch einen Kopfschuss getötet wurde.“

Milan betrachtete die Patronenhülse mit zusammengekniffenen Augen. „Vielleicht findet sich auch das Projektil, dann könnten wir die Tatwaffe sicher bestimmen.“

Bea blickte die Böschung hinunter zum Leichenfundort. „Sieht ganz danach aus, als ob Opitz hier nicht nur vergraben, sondern auch getötet wurde“, antwortete Bea und wies den Einsatzleiter an, den Fund aus ermittlungstaktischen Gründen nicht an die Öffentlichkeit dringen zu lassen.

„Wir haben den ganzen Dienstraum für uns“, sagte Bea, sperrte die Tür auf und schlug mit der flachen Hand auf einen Schalter. Flackernde Neonlichter durchzuckten den fensterlosen Raum im Keller der Hofer Polizeidienststelle und tauchten ihn in ein fahles Licht.

„Gemütlich haben Sie es hier“, antwortete Milan und ließ den Blick über die hellgrau verputzten Wände und einige mit Büroutensilien gefüllte Kartons schweifen, bis er an einer Tafel, halb Whiteboard und halb Pinnwand, hängen blieb.

Bea hatte an diesem Morgen, während sie auf Milan gewartet hatte, angefangen, eine Zeitleiste der Ereignisse sowie einige Fotos und Infos auf der Tafel abzubilden.

„Warten Sie, bis Sie den Automatenkaffee gekostet haben.“ Bea stellte zwei mit dampfendem Kaffee gefüllte Pappbecher auf den einzigen Tisch, drehte die Zentralheizung auf höchste Stufe und folgte Milans Blick zur Tafel. „Was Sie an der Tafel sehen, ist der letzte Stand der Ermittlungen vor zehn Jahren, die Fotos sind genauso alt.“

„Haben Sie das alles heute Morgen gemacht?“, sagte Milan, nippte am Kaffee und verzog kurz das Gesicht.

Bea verkniff sich einen bissigen Kommentar und nickte. „Der Kollege, der damals die Ermittlungen geführt hat, war sehr ordentlich. Die Akte aus dem Archiv war vorbildlich geführt.“ Bea behielt, genauso wie Milan, ihre Jacke an und blickte auf ein Porträtfoto von Gerd Opitz, aufgenommen an seinem fünfzigsten Geburtstag, kurz vor seinem Verschwinden. Markante Gesichtszüge, grau melierte, sanft gewellte Haare und ein wacher, neugieriger Blick. Opitz strahlte eine ganz natürliche Autorität aus, denn er hatte Charisma. Eine Eigenschaft, an die sich Bea noch gut erinnerte.

„Also, fassen wir noch einmal zusammen", sagte Bea. „Die Ermittlungen vor zehn Jahren haben ergeben, dass das letzte Lebenszeichen von Opitz eine SMS an seine Tochter Eva war, geschickt am 2. Juni." Bea zeigte auf ein Foto von Eva und dann auf einen ausgedruckten SMS-Text.

„Hab dich lieb, mein Engelchen. Dein Daddy", las Milan den Handytext vor und sah dann Bea an. „Opitz' Handy war zu diesem Zeitpunkt mit einem Funkmast kurz vor Franzensbad verbunden. Das wurde damals überprüft."

Bea zeigte auf das Foto einer dunkelhaarigen Frau. „Aber vermisst gemeldet wurde Opitz erst am 6. Juni, und zwar von Lenka Herzigova. Sie war Mieterin einer Wohnung, die ihm in Franzensbad gehörte. Die beiden hatten einen Termin, zu dem Opitz aber nicht erschien."

„Respekt." Milan lächelte Bea anerkennend an. „Sie sind wirklich gut vorbereitet."

Bea zuckte nur mit den Schultern und sah ihn mit zusammengekniffenen Augen an. Für eine Selbstverständlichkeit gelobt zu werden empfand sie beinahe als Beleidigung.

Milan sah sie kurz irritiert an und fuhr dann fort. „Was ich trotzdem seltsam finde, ist, dass seine Ehefrau ihn nicht vermisst hat." Er zeigte auf das Foto von Anne Opitz, Evas Mutter. Eine sportlich gekleidete Frau mit ebenso rotblonden Locken wie Eva, die ernst in die Kamera blickte.

„Sie hielt sich bei ihrer Schwester in Hamburg auf", sagte Bea. „Das wurde damals auch alles überprüft." Sie zögerte. „Aber damals ging man auch noch nicht von Mord aus, sondern von einem Vermisstenfall."

Milan besah sich die herumstehenden Kartons näher. „Wir wissen heute, dass Opitz vermutlich kein Zufallsopfer war." Er zog eine Schreibtischlampe aus einem der Kartons und steckte sie an. „Wir wissen auch, dass der Täter nicht an persönlichen Wertgegenständen interessiert war."

Bea blätterte durch die Liste mit den Gegenständen, die bei Opitz' Leiche gefunden wurden. „Sein Handy fehlt."

„Das könnte er auch im Auto zurückgelassen haben", murmelte Milan und wühlte mit dem Rücken zu Bea in dem Karton.

Bea nippte von ihrem Kaffee und beobachtete Milan dabei, wie er anfing, sich häuslich einzurichten. „Der Täter hat eine Schusswaffe benutzt und vermutlich auch gute Ortskenntnisse. Wir haben eine Leiche und möglicherweise einen Tatort."

Milan zog eine Schreibtischunterlage aus dem Karton und legte sie auf den Tisch. „Ich würde vorschlagen, wir fangen mit dem Mann an, der Opitz mit dem Tod gedroht hat."

„Kapetanović." Bea tippte auf das Foto eines Mannes mit tief liegenden braunen Augen, der im gleichen Jahr wie Opitz geboren war. Dort endeten die Gemeinsamkeiten der beiden Männer aber auch.

SEIN LETZTER
WUNSCH
5

Bea parkte vor einem schlichten Reihenhaus. Im Vorgarten, der von einem Jägerzaun umgrenzt war, wuchs ein knorriger Apfelbaum, an dem noch ein paar verschrumpelte Früchte hingen und an dessen Stamm eine Leiter lehnte. Am Himmel drehte ein Segelflugzeug seine Runden, und Bea erinnerte sich daran, dass sie Wolfrum noch einen Besuch abstatten wollte. Wolfrum war zehn Jahre zuvor mit dem Verschwinden von Opitz betraut gewesen, jetzt aber in Rente und ein begeisterter Segelflieger.

„Kapetanović scheint da zu sein", sagte Bea und blickte zu Milan, der neben ihr auf dem Beifahrersitz saß und von seiner Anisbreze abbiss.

Ihr Kollege auf Zeit hatte seinen Wagen vor der Hofer Dienststelle stehen gelassen, mit der Begründung, das sei besser für die Umwelt. Doch als er sofort damit anfing, die typischen Kennenlernfragen zu stellen, war Bea klar, dass er sich nur um ein gutes Arbeitsklima bemühte.

Milan stopfte sich das letzte Stück Anisbreze in den Mund und knüllte die Papiertüte zusammen. „Bin eigentlich kein Freund von Anis, aber das hier ist richtig lecker."

Bea lächelte, legte ihr angebissenes Salamibrötchen zurück in die Tupperdose und stieg aus dem Wagen. Sie hätte auch viel lieber eine Anisbreze gehabt, aber ihre Mutter hatte sich viel Mühe mit der Brotzeit gemacht und sogar eine Mandarine und einen Schoko-Nikolaus dazugelegt.

„Herr Aleksandar Kapetanović?", rief Bea, während sie sich dem hageren Mann näherte, der gerade mit einer Astsäge aus dem Haus kam. Sie hatte ihn sofort an den tief liegenden Augen und den markanten Wangenknochen erkannt, obwohl das Foto aus den Akten bereits zehn Jahre alt war.

Der Mann musterte Bea und Milan, die beide auf der anderen Seite des Jägerzauns stehen geblieben waren. Der kalte Ostwind blies Bea ins Gesicht und biss auf ihrer Haut. Auch Milan hatte sich seine schwarze Beanie etwas tiefer ins Gesicht gezogen. Der Blick des Mannes verdunkelte sich, sobald Bea ihren Ausweis zog. „Römer, Kripo Hof", stellte sie sich vor und blickte zu Milan, der ihm ebenfalls seinen tschechischen Polizeiausweis entgegenstreckte und sich vorstellte.

„Ich weiß schon aus dem Radio, warum Sie hier sind." Ein spöttisches Lächeln umspielte seinen Mund.

Bea zog die Kopie eines handgeschriebenen Briefes aus der Jackentasche. Kapetanović warf einen kurzen Blick darauf, winkte ab und wandte sich zum Gehen.

„Sie erinnern sich? Sie haben Dr. Opitz mit dem Tod gedroht!", rief Bea und bemerkte, wie auf dem Nachbargrundstück eine ältere Frau mit blonder Helmfrisur sich sehr lange Zeit nahm, ihren Biomüll in die Tonne zu werfen.

„Und jetzt ist er wirklich tot", schob Milan nach.

Kapetanović ballte die Faust. „Opitz hatte kein Gewissen. Kurz nach der Wiedervereinigung hat er die Hälfte der Arbeitsplätze in den Osten verlegt, und als es in der Tschechei noch billiger wurde, hat er das Werk hier ganz dichtgemacht!" Er legte die Astsäge auf den Rasen, zog ein Paar Gartenhandschuhe aus seiner Jacke und streifte sie über. „Opitz hat sich eine Villa gebaut, und die Arbeiter konnten sehen, wie sie ihre Familien durchbringen."

Beas Blick fiel auf ein Schild, das den Weg zum ein paar Straßen weiter gelegenen oberfränkischen Textilmuseum wies. Sie erinnerte sich selbst nur vage an die Zeit um die Jahrtausendwende, denn sie war damals noch sehr jung gewesen. In den Innenstädten machte ein Geschäft nach dem anderen dicht und noch Jahre danach lag die Gegend wirtschaftlich am Boden. Auch Beas Vater hatte seine Stelle als Porzellanmaler verloren und wurde darüber depressiv.

Ein Mädchen im roten Schneeanzug, Bea schätzte es auf ungefähr fünf Jahre, lief auf Kapetanović zu. Er senkte seine Stimme. „Der Brief war ein Fehler. Ich wollte Opitz nur Angst machen." Er ging in die Hocke und wandte sich an das Mädchen, in einer Sprache, die Bea nicht verstand. Kapetanović hatte den deutschen Pass, war ursprünglich aber jugoslawischer Staatsbürger und besaß nach dem Bürgerkrieg Anfang der 90er-Jahre auch einige Jahre die serbische Staatsangehörigkeit. Das Mädchen nickte lächelnd und lief zurück zum Haus, in die Arme eines jungen Mannes, dessen rechte Wange ein Muttermal zierte. Kapetanovićs Gesichtszüge wurden hart, als er sich wieder Milan und Bea zuwandte. „Mit Opitz' Tod habe ich nichts zu tun. Für so einen Hund gehe ich nicht ins Gefängnis." Er bückte sich nach der Astsäge auf dem Rasen. „Außerdem war ich den ganzen Juni über im Urlaub. Und soweit ich weiß, hat Opitz seiner Tochter am 1. Juni noch zum Geburtstag gratuliert."

Das mit dem Urlaub stimmte, das wurde damals von Wolfrum überprüft. Kapetanovićs Flug nach Belgrad hob am 2. Juni um neun Uhr morgens von Frankfurt ab. Beas Instinkt sagte ihr, das Kapetanović die Wahrheit sagte. Aber sicher sein würde sie erst, wenn sie wusste, was Dr. Opitz wirklich zugestoßen war. Jetzt gab es wenigstens eine Leiche, doch ohne genauen Todeszeitpunkt würde es schwer werden, Alibis zu überprüfen.

„Haben Sie vielleicht einen Verdacht, wer Opitz auf dem Gewissen haben könnte?"

„Haben Sie mir vorhin nicht zugehört?" Er schüttelte den Kopf, stieg auf die Leiter und setzte die Säge an einem Ast an. „Aber einen konkreten Verdacht habe ich nicht."

Bea hatte sich bereits abgewandt, da fiel ihr noch etwas ein. „Herr Kapetanović?"

Er hatte gerade die Astsäge angesetzt, hielt jetzt aber inne und sah Bea an.

„Haben Sie auch die Villa von Gerd Opitz mit *Kapitalistensau* beschmiert?"

Kapetanović schüttelte nur den Kopf und begann am Ast zu sägen, ohne die beiden Ermittler noch eines Blickes zu würdigen.

SEIN LETZTER
WUNSCH
6

Es war schon dunkel, als sich Bea auf den Nachhauseweg machte. Auf der A9 Richtung München war wenig los, Bea fuhr trotzdem vorsichtiger als sonst, denn es hatte zu schneien begonnen und am Straßenrand bildeten sich erste Verwehungen. Eigentlich wollte sie heute noch bei Eva vorbeischauen und sich für den Zwischenfall am Waldstein entschuldigen, aber sie hatte bis in den späten Abend hinein auf der Hofer Dienststelle gemeinsam mit Milan die Fakten auf den neuesten Stand gebracht und die nächsten Ermittlungsschritte geplant. Morgen würden sie Werner Wolfrum besuchen, den Ermittler, der den Vermisstenfall Opitz vor zehn Jahren bearbeitet hatte, und danach noch einmal mit Opitz' Familie sprechen. Auch wurde noch ein Projektil am Leichenfundort gefunden und Bea hoffte, bald mehr Infos zum Waffentyp und Kaliber zu bekommen.

Bea fuhr kurz vor der Münchberger Senke von der Autobahn ab, als ihre Mutter anrief und wissen wollte, wann sie nach Hause kommen würde. Sie bat ihre Mutter, nicht auf sie zu warten, und setzte den Blinker Richtung Münchberger Innenstadt.

Bea drückte auf das Klingelschild aus Messing, auf dem jetzt *Schneider* und nicht mehr *Opitz* eingraviert war. Evas Elternhaus, eine Jugendstilvilla mit einem Garten, der eher einem Park ähnelte, stand in einer der schickeren Gegenden von Münchberg, keine zwanzig Minuten Fußweg vom örtlichen Gymnasium entfernt, und war schon seit mehreren Generationen in Familienbesitz. Bea erinnerte sich daran, wie oft sie hier nach der Schule zu Besuch gewesen war. Schon damals hatten ihr die Überwachungskameras am Eingangstor des Anwesens und an der Haustür Respekt abverlangt, und sie wunderte sich, dass zu den Kameras nichts in den Ermittlungsakten zu finden war. Ihr Atem formte weiße Wölkchen, während sie den an der Tür befestigten Tannenzweig betrachtete, der liebevoll mit einer roten Samtschleife dekoriert war. Bea zweifelte plötzlich, ob es richtig war, hier zu sein, und sie wollte gerade wieder gehen, als Eva die Tür öffnete.

Wenig später saßen Eva und Bea im Wohnzimmer vor einem knisternden Kaminfeuer und tranken Apfelpunsch.

„Ich wollte sehen, wie es dir geht. Es tut mir leid wegen heute Morgen …“, begann Bea.

„Ist schon okay, Trixie“, fiel ihr Eva ins Wort.

Bea war kurz irritiert darüber, wie normal Eva klang. Aber was war schon eine normale Trauerreaktion? Bestimmt spürte ihre Freundin auch so etwas wie Erleichterung, nachdem sie endlich Gewissheit über das Schicksal ihres Vaters hatte.

„Wo wohnst du jetzt?“, fragte Eva, ließ Bea aber keine Zeit für eine Antwort und schob sofort hinterher: „Du schaust echt toll aus.“

Bea wusste sofort, worauf Eva anspielte. Als sie sich auf der Abifeier vor gut zehn Jahren das letzte Mal gesehen hatten, hatte Bea fast zwanzig Kilo mehr gewogen. Sie wollte aber schon damals unbedingt zur Polizei und hatte alles dafür getan, die

Aufnahmeprüfungen zu bestehen. Mehrere Karrieresprünge und genauso viele gescheiterte Beziehungen später hatte sie sich zurück in die alte Heimat versetzen lassen. Ihr fehlten die Wurzeln im Leben. Und hier, im Fichtelgebirge und bei ihrer Familie, hoffte sie darauf, sich wieder zu erden. „Ich bin wieder bei meiner Mutter eingezogen. Nur vorübergehend, versteht sich“, antwortete Bea und bemerkte ein Familienfoto auf dem Kaminsims. Es zeigte Eva, ihren Mann und zwei Buben. „Ist das etwa Timo?“

Eva nickte. „Unsere Jungs sind jetzt acht und neun. Timo ist gerade mit ihnen beim Fußball. Mit dem Älteren war ich schwanger, als der Papa ...“ Eva brach ab und rührte in ihrem Punsch. „Zum Glück war Timo damals bei mir.“

Bea erinnerte sich, wie stolz Eva ihren Timo auf einer Gartenparty vorgezeigt hatte, inklusive Cabrio und neuesten Designerklamotten. Aus den Ermittlungsakten wusste Bea jetzt, woher Timo damals das Geld für derlei Ausgaben hatte. Drogen. Aber anscheinend hatte Timo die Kurve gekriegt.

„In den Ermittlungsakten steht, du hast deinen Vater zuletzt am 1. Juni, deinem Geburtstag, gesehen.“

„Nur ganz kurz am Abend. Er war unterwegs nach Franzensbad und hat nur vorbeigeschaut, um mir zu gratulieren.“ Sie nippte an ihrem Punsch. „Papa war viel geschäftlich in der Tschechei und blieb auch oft über Nacht. Er hatte dort eine eigene Wohnung. Deshalb haben Mama – sie wohnt jetzt übrigens nebenan im Gärtnerhaus - und ich ihn auch nicht sofort vermisst gemeldet.“

„War dein Vater an diesem Tag irgendwie anders?“

Eva schaute in das flackernde Kaminfeuer und schüttelte nachdenklich den Kopf. „Ich erinnere mich an diesen Tag, als ob er gestern gewesen wäre.“ Eva nippte von ihrem Punsch. „Ich wollte keine Party und war mit Timo alleine. Papa schaute vorbei und schenkte mir, so wie jedes Jahr, einen Umschlag mit Geld. Dann gab er mir einen Kuss und sagte, wie stolz er auf sein Engelchen war.“ Eva blickte zu Bea und lächelte. „So nannte er mich immer. Sein Engelchen.“

Bea lächelte zurück und fühlte sich Eva plötzlich wieder so nah wie zu Schulzeiten.

„Am nächsten Tag hat er mir noch eine SMS geschickt und geschrieben, wie sehr er mich liebt.“

„Hatte dein Vater Streit mit jemandem?“

„Daddy hatte ständig Streit mit irgendjemandem. Sagte immer, wer nicht mehr streitet, ist tot.“ Eva schluchzte auf und vergrub das Gesicht in den Händen.

SEIN LETZTER WUNSCH

7

Es hatte die ganze Nacht über geschneit. Die schneebedeckten Felder und Wiesen glitzerten weiß in der blassen Wintersonne, und nur der Schneepflug, dem Milan immer ungeduldiger auf der Landstraße folgte, störte die Winteridylle. Bea und er waren mit Werner Wolfrum verabredet, dem Ermittler, der vor zehn Jahren mit dem Vermisstenfall von Gerd Opitz betraut war. Bea suchte gerade einen neuen Radiosender, denn sie wollte gern die Nachrichten auf Deutsch und nicht auf Tschechisch hören, als ihr Handy klingelte. Nachdem sie aufgelegt hatte, klopfte ihr Herz, so wie immer, wenn sie der Lösung eines Falls einen Schritt näher gekommen war. „Das war die Technik. Es gibt eine neue Spur", informierte sie Milan und tippte sofort die Nummer eines Luxushotels in Berchtesgaden in ihr Telefon. „In Opitz' Geldbörse wurde auch eine Hotel-Chipkarte gefunden, die ausgelesen werden konnte."

Milan lächelte, auch weil er endlich den Schneepflug hinter sich lassen konnte.

„146-XE", las Bea von ihrem Handy ab und wartete.

Bea hatte ihr Handy auf laut gestellt, sodass auch Milan mithören konnte. Der Hotelangestellte, der ihren Anruf entgegengenommen hatte, legte den Anruf in die Warteschleife, während er auf dem Computer nachsah, welche Daten zu dieser Nummer gehörten. Erst hatte er sich geweigert, den Datenschutz aufgeführt und die Vertraulichkeit, aber Bea hatte angedeutet, dass sie ansonsten mit Durchsuchungsbefehl und einer Polizeimannschaft im Hotel klingeln müsste. Das hatte Wirkung gezeigt.

Jingle Bells tönte blechern aus den Lautsprechern.

Ein Klacken unterbrach den Weihnachtsklassiker. „Frau Kommissarin?“, meldete sich der Hotelangestellte.

„Ja, immer noch hier“, antwortete Bea.

„Die Gäste-Nummer gehörte zu Frau Lenka Herzigova, tschechische Staatsbürgerin. Sie hatte bei uns im Haus die Romantiksuite für ein langes Wochenende gebucht. Ankunft Freitag, Abreise Montag, 2. Juni. Alles vorab bezahlt.“

Bea und Milan warfen sich einen vielsagenden Blick zu.

Milan fuhr rechts ran und griff nach seinem Tablet, das auf dem Rücksitz lag. Er wischte hektisch durch die Ordner, während Bea nachfragte, in wessen Begleitung Lenka Herzigova während ihres Hotelbesuchs gewesen war.

„Da alles über Frau Herzigova abgewickelt wurde, haben wir zu ihrer Begleitung leider keine Daten, schon gar nicht nach so langer Zeit.“

Bevor Bea wieder auflegte, kündigte sie sich für einen Besuch im Berchtesgadener Hotel an. Vielleicht erinnerte sich einer der Angestellten noch an etwas Wichtiges.

Milan öffnete eine Datei und streckte Bea das Tablet entgegen. „Lenka Herzigova wurde vor zehn Jahren auch befragt, denn sie bewohnte ein Appartement in Gerd Opitz' Haus in Franzensbad. Bea blickte auf das Dokument auf dem Bildschirm, das wohl die Abschrift von Lenka Herzigovas Zeugenaussage war, während Milan weitersprach. „Sie war es auch, die Gerd Opitz als vermisst gemeldet hat, weil er zu einem Termin nicht erschienen war. Aber …“ Milan legte das Tablet zurück auf den Rücksitz. „Herzigova hat behauptet, Opitz vor diesem Termin mehrere Wochen nicht gesehen zu haben.“

„Romantiksuite“, antwortete Bea nur und riss grinsend eine neue Schachtel Nikotinkaugummis auf.

SEIN LETZTER WUNSCH

8

Bea und Milan hatten den Termin mit Wolfrum abgesagt und waren direkt nach Franzensbad gefahren. Milans Assistentin hatte herausgefunden, dass Lenka Herzigova dort inzwischen ein Hotel leitete.

Bea ließ Milan den Vortritt, und während er sich an der Hotelrezeption in der Landessprache nach der Chefin des Hauses erkundigte, blickte sich Bea in der Lobby des Bohemian Spa Palace, einem sorgfältig restaurierten Kurhotel aus der Kaiserzeit, um. Es lag zwischen dem Stadtpark und der Kolonáda, einer prächtigen Flaniermeile, die zur Franzensquelle führte. Deckenhohe Fenster ließen die Morgensonne herein und brachen sich an den Kristallen des Leuchters, der von der weißen Stuckdecke hing. Klassische Klaviermusik erfüllte den Raum, gerade so laut, dass sie nur im Hintergrund dahinplätscherte.

Milan drehte sich zu Bea um und deutete mit dem Kinn zu zwei cognacfarbenen Ledersesseln. „Wir sollen warten. Frau Herzigova ist noch in einer Besprechung."

Bea hörte wieder den weichen Singsang heraus, den sie so attraktiv an ihm fand, schob den Gedanken aber schnell beiseite. Sie ließ sich in einen der Ledersessel sinken und staunte über das Tablet, welches geschickt mit dem Beistelltischchen im Biedermeierstil verbaut war. Sie tippte auf den Bildschirm, wählte Deutsch aus und staunte über Moorbäder, Trinkkuren, Massagen, Ausflüge und sogar Sonderwünsche, die alle über die Menüführung gebucht werden konnten. Dieses Kurhotel schien die perfekte Mischung zwischen Tradition und Moderne zu sein.

Als sie wieder aufblickte, näherte sich ihnen eine hochgewachsene, schlanke Frau im gut sitzenden dunkelblauen Hosenanzug, der man ihre vierunddreißig Jahre nicht ansah. Milan stellte sich und Bea auf Tschechisch vor und ging sofort zur Befragung über. Bea verstand kein Tschechisch, aber sie war sich sicher, dass Milan ihr gerade die Todesnachricht von Gerd Opitz überbracht haben musste, denn sie konzentrierte sich ganz auf die Körpersprache. Und die Körpersprache von Lenka Herzigova war eindeutig, sie drückte Bestürzung aus.

„Frag sie, ob sonst noch jemand von ihrem Liebesverhältnis zu Gerd Opitz wusste", flüsterte Bea Milan zu und duzte ihn versehentlich.

Lenka Herzigova blickte auf und antwortete in fast akzentfreiem Deutsch: „Gerd und ich haben uns geliebt. Aber wir waren kein Liebespaar."

SEIN LETZTER
WUNSCH
9

Lenka Herzigova bat Bea und Milan in ihr Büro. Sobald sie die Tür hinter sich zugezogen hatte, hakte Bea nach: „Wie ist das zu verstehen? Sie waren kein Liebespaar?“

„Gerd war mein Mentor.“

Bea und Milan tauschten einen kurzen Blick, während Lenka Herzigova weitersprach.

„Ich war Anfang zwanzig, hatte gerade mein Tourismusstudium beendet und jobbte im Casino hier in Franzensbad. So haben wir uns auch kennengelernt.“ Lenka Herzigova rückte eine Vase mit Barbarazweigen auf ihrem Schreibtisch zurecht.

„Und wie sah dieses Mentoring genau aus?“, fragte Milan und dehnte das Wort Mentoring beinahe anzüglich aus, während sein Handy sich mit einem kurzen Signalton meldete. „Was lernt man von einem dreißig Jahre älteren Mann in der Romantiksuite eines Luxushotels in den bayerischen Alpen?“

Milan zog sein Handy aus der Jackentasche und überflog eine Nachricht. Lenka Herzigova lächelte und blickte aus dem Fenster auf die kahlen, schneebedeckten Bäume des Stadtparks. „Gerd wollte, dass ich ein echtes Luxushotel besuche, den besonderen Service genieße und lerne, worauf Gäste mit einem gewissen Anspruch und entsprechenden finanziellen Mitteln Wert legen. Außerdem war ich nicht mit ihm dort, sondern mit einer Freundin.“

Milan nickte. „Und ich nehme an, Sie können uns die Kontaktdaten Ihrer Freundin geben, um Ihre Aussage nachzuprüfen?“

Lenka Herzigova nahm ihr Handy zur Hand, suchte eine Nummer heraus und schrieb einen Namen und eine Handynummer auf einen Notizzettel, den sie Milan überreichte.

Milan ließ nicht locker. „Sie behaupten, Sie waren mit Ihrer Freundin dort. Warum haben wir dann die Chipkarte des Hotels in Gerd Opitz’ Geldbörse gefunden?“

„Gerd war geschäftlich in der Schweiz und hat auf dem Rückweg einen Abstecher ins Berchtesgadener Hotel gemacht. Ich habe ihm meine Karte nur kurz ausgeliehen und dann vergessen.“

„Als Sie ihn als vermisst gemeldet haben, haben Sie sich nur als besorgte Mieterin ausgegeben. Warum?“

Lenka Herzigova atmete tief durch. „Ich hatte Angst.“ Sie drehte sich wieder zum Fenster und stand mit dem Rücken zu Bea und Milan. „Gerd wollte mir die Wohnung, in der ich lebte, schenken und mich sogar adoptieren. Hat immer gesagt, ich wäre die Tochter, die er sich immer gewünscht hat.“

Bea räusperte sich. „Dieser Termin, zu dem Dr. Opitz nicht erschienen war. Ich nehme an, es ging nicht um eine kaputte Heizung, oder?“

Lenka Herzigova drehte sich um und fixierte Bea mit dunkelblauen Augen. „Er wollte mir die Wohnung, in der ich lebte, überschreiben. Ein Notar war auch schon bestellt."

Milan bat Lenka Herzigova, den Namen des Notars für ihn aufzuschreiben, was sie auch tat.

„Warum haben Sie das verschwiegen? Wovor hatten Sie Angst?", hakte Bea nach.

Lenka Herzigova zögerte kurz, bevor sie antwortete. „Vor Gerds Familie natürlich. Mit seiner Tochter hatte er ständig Streit. Und von seiner Frau wollte er sich scheiden lassen."

Milan lehnte sich gegen den Fenstersims und ließ seinen Blick über den mit Intarsien verzierten Schreibtisch gleiten. „Ein Jahr später haben Sie sich mit einer hohen Summe in dieses Hotel eingekauft. Woher hatten Sie das Geld?"

Bea blickte nicht weniger überrascht als Lenka Herzigova, denn davon hatte sie bis gerade eben auch nichts gewusst.

„Ich arbeite hart und weiß, was ich will. Außerdem hilft es, die richtigen Leute zu kennen", antwortete Lenka Herzigova kurz angebunden und setzte sich an ihren Schreibtisch.

„So wie Andrei Jagr?" Milan lächelte schief.

Bea kannte Milan erst kurz, aber sie merkte deutlich, wie viel Freude ihm diese Vernehmung bereitete, und sie fragte sich auch, wer dieser Jagr war.

Lenka Herzigova lehnte sich im Schreibtischstuhl zurück und atmete durch. „Jagr ist ein angesehener Geschäftsmann und Politiker." Sie griff nach ihrem Festnetztelefon.

„Wenn Sie mich jetzt entschuldigen würden, ich habe zu tun."

Sie tippte eine Durchwahl und sprach ein paar kurze Sätze auf Tschechisch. Milan nahm ihr das Mobilteil aus der Hand und steckte es zurück in die Ladestation.

„Sie waren 25, als Sie sich zusammen mit Jagr in dieses Hotel eingekauft haben. Woher hatten Sie eine Viertelmillion Euro?"

Lenka Herzigova räusperte sich, sagte aber nichts. Milan startete einen neuen Versuch, sie zu einer Antwort zu bewegen. „Ich bin nicht vom Finanzamt, und es interessiert mich nicht, mit welchen Tricks Sie arbeiten. Ich will einen Mord aufklä..."

„Von Gerd. Er hatte die Investition schon in die Wege geleitet, ich habe sie am Ende nur ausgeführt", fiel ihm Lenka Herzigova ins Wort.

„Und Sie hatten Angst, dass Gerds echte Familie Ihnen dieses Geld streitig macht!?", mischte sich Bea ein.

„Ja. Bei ihren Streitereien ging es immer ums Geld. Aber dieses Geld hat mir Gerd geschenkt. Es war Startkapital für mich und eine Investition für ihn."

SEIN LETZTER WUNSCH

10

Es war erst später Nachmittag, aber bereits dunkel. Nur einige Straßenlampen warfen vereinzelte Lichtkegel auf die vereiste Straße, die zur Villa Opitz führte. Bea und Milan hatten gleich nach dem Besuch bei Lenka Herzigova versucht, mit Andrei Jagr zu sprechen, der weilte aber in Prag und wurde laut seiner Sekretärin erst am kommenden Tag zurückerwartet.

„Gerd Opitz war in der Schweiz, fuhr am 1. Juni zurück nach Münchberg zu seiner Tochter und hat auf dem Rückweg einen Abstecher ins Berchtesgadener Hotel gemacht. So weit passen die Aussagen von Eva Opitz und Lenka Herzigova zusammen", resümierte Milan, während er vor der Villa Opitz rückwärts am Hang einparkte.

Bea schüttelte den Kopf und stieg aus, nachdem Milan den Motor abgestellt hatte. „Und Herzigovas Geschichte von dem Geldgeschenk und der Investition? Da stinkt doch etwas gewaltig ..." Sie warf Milan einen Seitenblick zu und rutschte auf dem Eis aus, Milan hielt sie im letzten Moment am Ellbogen fest.

„Danke!", antwortete Bea überrascht und schälte sich aus seinen Armen. „Ihre Assistentin ist übrigens eine ausgezeichnete Rechercheurin."

Milan lächelte. „Das ist sie! Gerade versucht sie herauszufinden, ob es diese angeblich geplante Adoption wirklich gab."

Milan und Bea hatten bereits zweimal vergeblich geläutet, als Beas Handy klingelte. Ein Anruf von ihrer Mutter. Sie blickte Milan entschuldigend an und ging ran. Nachdem sie aufgelegt hatte, bemerkte sie, dass ihr Kollege nicht mehr hinter ihr stand. Sie blickte sich nach ihm um und sah, dass in der Garage Licht brannte, und hörte abgedämpfte Stimmen. Kurz darauf betrat Bea die beheizte Garage, die mit Unmengen an Werkzeug und Geräten ausgestattet war. Milan stand vor einem aufgebockten roten BMW mit Oldtimer-Kennzeichen, unter dem zwei Beine in blauen Arbeitshosen herauslugten.

„Den Fünfer bitte."

Bea erkannte Timo sofort an seiner Stimme und an seiner Art, wie er die Vokale dehnte. Milan kramte im Werkzeugkasten und reichte Timo den Werkzeugschlüssel an. Danach wechselten die beiden Männer technische Plaudereien, die Bea nicht verstand. Timo schob sich unter dem Auto hervor und blickte hoch zu Bea.

„Bea! Eva hat schon erzählt, du bist wieder im Lande." Er stand auf und wischte seine motorölverschmierten Hände an einem ebenso verdreckten Stück Stoff ab. Bea bemerkte eine Tätowierung auf seinem linken Handrücken. Die grünblaue Farbe wirkte alt und verwaschen, das Motiv vielleicht ein Feuer speiender Drache.

„Eva und ich haben zusammen Abitur gemacht. Timo war damals schon ihr Freund", klärte Bea ihren Kollegen auf, als sie Milans fragenden Blick bemerkte.

Timo holte ein Bier aus einem Kühlschrank, der in der Garage stand, und bot auch Milan und Bea eine Flasche an, die aber beide ablehnten. „Schlimme Sache, das mit Evas Vater." Timo setzte sich auf einen Reifenstapel, öffnete das Bier mit einem Schweizer Messer, das er in der Hosentasche mit sich trug, und führte die Flasche zu seinen Lippen. „Er war so ein toller Mensch, hat immer das Beste aus jedem herausgeholt."

„Wann hast du Evas Vater zum letzten Mal gesehen?", fragte Bea.

„An Evas Geburtstag am 1. Juni, wir wollten noch zum Schlappentag, haben es uns dann aber anders überlegt und sind daheim geblieben." Timo nahm einen langen Zug aus der Flasche.

„Wie lange blieb Herr Opitz?", fragte Milan.
„Er war nur ganz kurz da, höchstens eine halbe Stunde. Hat Eva gratuliert und weg war er."
„Hatten die beiden vielleicht eine Meinungsverschiedenheit?", hakte Milan nach.

„Einen Streit? Nee. Die hatten so gut wie nie Streit. Eva war ein Papakind. Durch und durch." Timo sprang auf. „Ihr wolltet bestimmt zu Eva. Da muss ich euch enttäuschen. Sie ist mit ihrer Mutter und unseren zwei Jungs auf dem Weihnachtsmarkt."

Auf einmal hörte Bea ein Wimmern und lauschte in die Stille. „Hört ihr auch dieses Wimmern?", fragte sie und sah von Timo zu Milan, den sie heute schon zum zweiten Mal versehentlich geduzt hatte.

„Ach das!" Timo sprang lachend auf. „Das ist meine Überraschung!" Er zog einen Schuhkarton unter einem Werkzeugregal hervor, darin ein winziger Welpe, der am ganzen Leib zitterte.

„Der Welpe ist ja noch ein richtiges Baby", murmelte Bea und legte einen Lappen, der sauber zu sein schien, über sein flaumiges Fell.

„Jetzt noch, aber in ein paar Monaten", Timo machte eine dramatische Pause, „dann wacht ein Rottweiler über dieses Heim."

„Aber Timo, der ist noch so jung, der braucht doch noch seine Mutter ...!", sagte Bea und blickte zu Milan, der ihr beipflichtete, denn der Welpe war bis auf vier Eckzähne zahnlos.

Timo zuckte mit den Schultern. „Eva wird sich gut um ihn kümmern, stimmt's, Doggy?" Er tätschelte die Flanke des Welpen und seufzte. „Außerdem hat er doch niemanden mehr, der Arme. Seine Mutter ist gestorben."

Plötzlich ging die Tür zur Garage auf und zwei Jungs stürmten hinein. Eva blieb in der Tür stehen. „Um wen werde ich mich gut kümmern?"

Timo hielt ihr den Karton mit dem Hundewelpen hin, um den sich die zwei Söhne scharten, während einer von ihnen den Welpen etwas zu grob aus dem Karton hob und Eva freudestrahlend entgegenstreckte. „Um Doggy", sagte Timo und grinste breit.

Eva verzog keine Miene. Bea wartete auf die Explosion, die jetzt drohte. Timo hatte vielleicht Nerven, einfach so einen Hund anzuschaffen. Aber nichts geschah. Eva wandte sich ab und ging ohne ein Wort ins Haus.

SEIN LETZTER
WUNSCH
11

„Endlich können wir Papa beerdigen", sagte Eva und schmiegte sich an Timo, der breitbeinig neben ihr auf dem Sofa saß. Eva hatte ihm die Hausschuhe gebracht, ein zweites Bier und ihn bedient, seitdem er das Haus betreten hatte. Bea ließ es sich nicht anmerken, aber sie fand es unerträglich, wie unterwürfig Eva sich verhielt. Milan hatte es genauso wie Bea vorgezogen, stehen zu bleiben. Im offenen Kamin flackerte ein Feuer, auf dem Tisch brannte die zweite Kerze des Adventskranzes. Anne Opitz, Evas Mutter, saß, die Hände im Schoß gefaltet, auf einem Sessel, war in sich gekehrt und schwieg größtenteils. Bea bemerkte den Ehering, den Anne Opitz noch am Finger trug. Vom oberen Stockwerk drang Kindergeschrei nach unten. Die Buben hatten darauf bestanden, den Welpen mit nach oben in ihr Zimmer zu nehmen, was Timo ihnen sofort erlaubt hatte. Evas Mutter hatte lautstark protestiert, sich aber nicht gegen Timo durchsetzen können. Und Eva? Die hatte alles schweigend hingenommen. Bea war kurz davor gewesen, sich einzumischen, aber das hätte die Zeugenbefragung, wegen der sie hier war, beeinflusst, deshalb hatte sie schweren Herzens darauf verzichtet.

„Gibt es das Arbeitszimmer Ihres Mannes noch?", wandte sich Bea an Evas Mutter.

Sie schüttelte den Kopf. „Das ist jetzt das Kinderzimmer meiner Enkel. Nachdem Eva Mutter geworden war, bin ich ins ehemalige Gärtnerhaus gezogen."

„Läuft der Handel mit Oldtimern gut?", wandte sich Milan an Timo.

„Kann nicht klagen. Autohandel ist aber nur eins meiner Geschäftsfelder."

„Und was für Geschäfte betreiben Sie?", hakte Milan nach.

„Geschäfte jeder Art. Import und Export."

Bea bemerkte den verächtlichen Gesichtsausdruck von Evas Mutter. Aus den Akten wusste Bea, dass Evas Mann seine Berufsausbildung zum Automechaniker zwar abgeschlossen hatte, es mit keinem Arbeitgeber aber länger als ein halbes Jahr aushielt.

„Timo, du bist schon mit mehreren Geschäftsideen gescheitert, zuletzt mit einem Luxuslimousinen-Verleih", begann Bea und bemerkte Evas überraschten Blick. „Tut mir leid, ich muss das fragen, das gehört zu meinem Job."

„Timo ist für die Arbeit als Angestellter nicht geschaffen. Er braucht die Freiheit, eigene Entscheidungen zu treffen", nahm Eva ihren Mann in Schutz und lächelte ihn an. „Stimmt's, Dimo?", schob sie nach und verfiel ins Oberfränkische.

Timo Schneider schlug die Beine übereinander und legte einen Arm um Evas Schulter. „Ohne Risiko kein Gewinn. Die erfolgreichsten Menschen haben schon viele Niederlagen einstecken müssen.“

Milan lächelte sein schiefes Lächeln. „So wie damals, als Sie zusammen mit Ihrer jetzigen Frau beim Schmuggel von Crystal Meth erwischt wurden?“

Eva richtete sich kerzengerade auf. „Das war eine Jugendsünde!“

Bea hatte von dem Vorfall gehört. Sie lebte damals seit Kurzem in München und kam nur noch zu Wochenendbesuchen nach Hause. Aber solche Gerüchte verbreiteten sich in Windeseile, besonders wenn der Vater ein bekannter Geschäftsmann war. Und es gab nicht wenige, die aus verschiedenen Gründen, aber immer mit großem Genuss weitere Details anfügten, das wusste Bea von ihrer Mutter. Bald war Eva nicht nur beim Schmuggeln erwischt worden, sondern ein Junkie. Und die Tatsache, dass Eva aus wohlhabendem Hause stammte, war der Grund für ihre Verderbtheit. Was sollte man schon anderes von jemandem erwarten, der noch nie etwas leisten musste, außer bei den Eltern um Geld zu bitten, wenn das großzügige Taschengeld nicht ausreichte?

Bea fand das schon damals ungerecht und war überzeugt, dass die meisten, die diese Gerüchte anfeuerten, nur neidisch auf Eva waren. Sie kannte Eva als großzügigen Menschen, der niemanden von oben herab behandelte. Ganz im Gegenteil. Ohne die Kontakte von Evas Vater zur Hofer Polizei hätte Bea in der 9. Klasse niemals ihr Pflichtpraktikum dort absolvieren dürfen.

SEIN LETZTER

WUNSCH

12

Bea war Evas Mutter ins Gärtnerhaus gefolgt, während Milan bei den Eheleuten geblieben war. Sie hatte das Gefühl, dass Evas Mutter allein etwas gesprächiger sein würde, außerdem hatte sie es nicht mehr ertragen, wie Timo mit Eva umging.

Bea lehnte sich gegen den Rahmen der Küchentür. „Wie ist Ihr Verhältnis zu Ihrem Schwiegersohn?", wandte sie sich an Anne Opitz.

Evas Mutter füllte einen Wasserkocher auf und schaltete ihn an. „Timo hat noch keinen Tag in seinem Leben wirklich gearbeitet. Treibt sich ständig beim Motocross rum. Ganz ehrlich? Ich habe keine Ahnung, was meine Tochter an ihm findet."

„Das muss schlimm für Sie gewesen sein, als man Eva wegen Drogenschmuggel an der tschechischen Grenze festgenommen hat."

Anne Opitz seufzte auf und wischte mit dem Geschirrtuch einen Wasserfleck auf der Anrichte weg. „Sie war neunzehn. Fast noch ein Kind. Hat es aus Liebe zu ihm gemacht. Gerd hat damals getobt!" Sie hielt inne. „Wir haben uns immer gewünscht, dass Eva etwas aus sich macht. Eine Leidenschaft, einen Ehrgeiz entwickelt. Aber jedes Fünkchen, aus dem etwas hätte werden können, ist mit Timo erloschen." Sie zuckte mit den Schultern und sah Bea lange an.

„Deine Mutter ist bestimmt sehr stolz auf dich. Eine Kriminalkommissarin. Trixie, das hätte ich dir im Leben nicht zugetraut."

Bea schluckte, es erinnerte sie daran, dass ihr kaum jemand irgendwann irgendwas zugetraut hatte. Nur sie selbst.

„Wollte Ihr Mann, dass sich Eva von Timo trennt?"

„Gerd hat alles versucht. Hat Timo sogar eine stattliche Geldsumme geboten, dafür, dass er sich für immer aus dem Staub macht." Evas Mutter zuckte mit den Schultern. „Aber Eva und Timo lieben sich und sind immer noch zusammen, wie man sieht."

Das Wasser begann zu brodeln. Frau Opitz goss sich einen Nerventee auf und gab noch einen Schuss Melissengeist dazu. Sie lächelte etwas gequält und hielt inne, bevor sie an der Teetasse nippte. „Nachdem Gerd weg war, hat sich Timo um uns beide gekümmert. Das muss ich ihm zugutehalten. Ich war dazu nicht mehr in der Lage. Mir war alles zu viel."

„Sie waren, als Ihr Mann verschwunden und als vermisst gemeldet wurde, nicht hier, sondern bei Ihrer Schwester in Hamburg. Stimmt das?"

Anne Opitz nickte. „Eva war schon groß und hatte ihren Timo, Gerd war sowieso nie da."

„Die Überwachungskameras auf Ihrem Anwesen. Funktionierten die damals?“

„Ja, schon. Der Kommissar hat die Aufnahmen geprüft, aber es kam nichts dabei rum.“

„Aha.“ Bea nickte. Wolfrum war während seiner Dienstzeit als Ordnungsfanatiker bekannt gewesen. Dass er die Auswertung der Aufnahmen nicht dokumentiert hatte, wunderte Bea.

Bea übergab Frau Opitz ihre Karte. „Rufen Sie mich an, falls Ihnen noch etwas einfällt.“

Frau Opitz betrachtete Beas Visitenkarte kurz und legte sie neben einen Pokal mit Granitfuß auf die Kommode im Flur. „Wann kann ich meinen Mann beerdigen?“

„Sobald seine Leiche von der Rechtsmedizin freigegeben ist. Ich werde Ihnen Bescheid geben“, antwortete Bea und las die eingravierte Inschrift auf dem silbernen Pokal ab. Dr. Gerd Opitz - Unternehmer des Jahres.

„Danke. Sie erwähnten vorhin, dass auch Gerds Rolex gefunden wurde?“

„Ja, das stimmt. Sie wird noch als Beweismittel gebraucht.“

„Gerd hat sie gekauft, nachdem er seine erste Million gemacht hat. Sie ist ein Erinnerungsstück, ich hätte sie gerne.“

„Eine Frage noch“, begann Bea, „sagt Ihnen der Name Lenka Herzigova etwas?“

Frau Opitz rührte in ihrem Tee und schüttelte den Kopf. „Nein. Die Namen dieser Flittchen wollte ich nie wissen.“

Bea bemerkte, dass sie einen wunden Punkt getroffen hatte, und blieb dran. „Ihr Mann wollte die Scheidung und war sogar schon beim Anwalt ... Aber dazu kam es ja nie mehr.“

Anne Opitz schnaubte verächtlich. „Na und? Warum kann ich nicht auch mal Glück haben?“

SEIN LETZTER
WUNSCH
13

Milan drückte die schwere hölzerne Schwingtür auf und hielt sie Bea geöffnet. Die Kneipe lag in der Nähe des Hofer Theresiensteins und warb mit fränkischer Küche und Bier vom Fass. Bea bestellte sich ein Glas Höllensprudel und Schnitzel mit Kartoffelsalat. Der Markenname des Mineralwassers ließ Milan schmunzeln, und er war so neugierig, dass er sich auch eins bestellte, dazu eine Gulaschsuppe.

„Dieser Timo hat es ganz schön – wie sagt man auf Deutsch? – hinter den Ohren“, sagte Milan und tunkte ein Stück Brot in seine Gulaschsuppe.

„Faustdick hinter den Ohren“, verbesserte Bea seine ausgezeichneten Deutschkenntnisse und schmunzelte, während sie eine kurze Nachricht an die Dienststelle schickte, die mit der Rolex von Gerd Opitz betraut war. „Gerd Opitz hat versucht, Timo loszuwerden. Mehrmals. Aber nichts zu machen, Eva und er blieben ein Paar.“

„Die Summe, mit der sich Lenka Herzigova ins Hotel eingekauft hat, scheint niemand zu vermissen ...“, begann Milan.

Bea schob sich etwas Kartoffelsalat auf die Gabel. „Schwarzgeld? Der Weg von der Schweiz nach Berchtesgaden führt auch über Liechtenstein. Noch ein Paradies für Menschen, die ungern Steuern zahlen oder Geld aus krummen Geschäften anlegen wollen.“

Milan nickte und nahm einen Löffel von seiner Suppe. „Das würde auch erklären, warum Lenka Herzigova den Besuch im Hotel verschwiegen und ein Jahr gewartet hat, bis sie sich mit Gerd Opitz’ Schwarzgeld ins Hotel eingekauft hat.“

Bea nickte. „Menschen sind schon für bedeutend weniger Geld umgebracht worden. Außerdem könnte sich Opitz das mit der Adoption anders überlegt haben - Beweise gibt es dafür übrigens bis jetzt auch keine. Nichts Schriftliches jedenfalls. Die Geschichte könnte auch völlig frei erfunden sein.“

Milan brach ein Brötchen entzwei. „Meine Assistentin ist an der Sache mit der Adoption dran.“

Bea wollte Milan gerade fragen, wo er sein gutes Deutsch herhatte, da rief ihre Mutter an und erkundigte sich, wann Bea endlich nach Hause kommen würde. Während Bea sich rechtfertigte, bemerkte sie Milans amüsierten Blick.

„Ich bin erst seit Kurzem wieder hierher zurückgekehrt und hatte noch keine Zeit, mir was Eigenes zu suchen“, entschuldigte sie sich, nachdem sie aufgelegt hatte, und ärgerte sich über sich selbst. Sie war niemandem eine Erklärung schuldig. Weder Milan, noch ihrer Mutter. Aber seit sie wieder in ihr ehemaliges Kinderzimmer eingezogen war, behandelte ihre Mutter Bea wieder wie einen Teenager.

„Was hat es eigentlich mit diesem Schlappentag auf sich, von dem dieser Timo sprach?“, wechselte Milan das Thema und zog eine Zigarettenschachtel aus der Jackentasche.

Bea wunderte sich etwas über die Zigaretten, denn sie hatte ihn bisher für einen Nichtraucher gehalten. Vielleicht war er einer dieser legendären Genussraucher, die es schafften, einmal die Woche eine Feierabendzigarette zu rauchen. Bea hatte diese Spezies bisher immer für einen Mythos gehalten, verbreitet von der Zigarettenindustrie.

„Der Schlappentag ist so was wie der Hofer Nationaltag. Die Hofer wurden im 15. Jahrhundert verpflichtet, an Schießübungen teilzunehmen, falls die böhmischen Hussiten wieder einfallen sollten ..." Bea brach ab, in ihrer Jackentasche vibrierte ihr Diensthandy.

„Das war der Schusserkennungsdienst", sagte sie, nachdem sie wieder aufgelegt hatte. „Es gibt Neuigkeiten." Bea öffnete die Mail, auf die sie der Kollege hingewiesen hatte, rückte etwas näher an Milan heran, sodass auch er mitlesen konnte, und las halblaut die wichtigsten Infos vor. „Der Schuss auf Opitz wurde aus einer Waffe mit dem Kaliber 7,65 mm Browning abgegeben. Die Spuren des Schlagbolzens, Stoßbodens und des Repetiervorgangs auf der gefundenen Patronenhülse sprechen für eine Waffe aus dem ehemaligen Jugoslawien. Eine Pistole des Herstellers Crvena Zastava."

Milan winkte ab, zog eine Zigarette aus der Verpackung und roch kurz daran. „Seit dem jugoslawischen Bürgerkrieg sind Millionen herrenlose Kriegswaffen im Umlauf ... werden geschmuggelt und illegal gehandelt ... das ist wie ...", er sah kurz zur Decke, „die Nadel im Heuhaufen."

„Warten Sie, nicht so schnell", unterbrach ihn Bea und scrollte zum Ende der Mail. „Der Boden der Patronenhülse hat einen eigentümlichen Schlagbolzeneindruck und könnte von einem beschädigten Schlagbolzen stammen."

Milans Gesicht hellte sich auf. „Das ist so gut wie ein Fingerabdruck, denn der beschädigte Schlagbolzen macht die Waffe und die Patronenhülse, die aus ihr abgefeuert wurde, einzigartig."

Bea lächelte. „Genau. Leider ergab die Munitionsdatenbank keinen Treffer. Wäre ja zu schön gewesen, wenn die Waffe auch für ein anderes Verbrechen benutzt worden wäre." Bea zeigte auf die Zigarette in Milans Hand. „Ich gehe mit an die frische Luft. Etwas Passivrauchen würde mir jetzt guttun."

Milan schüttelte den Kopf und schob die Zigarette wieder zurück in die Schachtel. „Nein, ich rauche eigentlich nicht mehr. Nur eine alte Gewohnheit. Wenn ich die Zigaretten dabeihabe, fällt es mir leichter, nicht zu rauchen, weil ich weiß, ich könnte es jederzeit tun."

„Aha, interessante Herangehensweise." Bea schob sich ihren letzten Nikotinkaugummi in den Mund.

„Und funktionieren die?", fragte Milan und blickte auf die leere Schachtel in Beas Hand.

„Ich kann gar nicht so viel kauen, wie ich rauchen möchte", antwortete Bea und faltete die leere Schachtel zusammen.

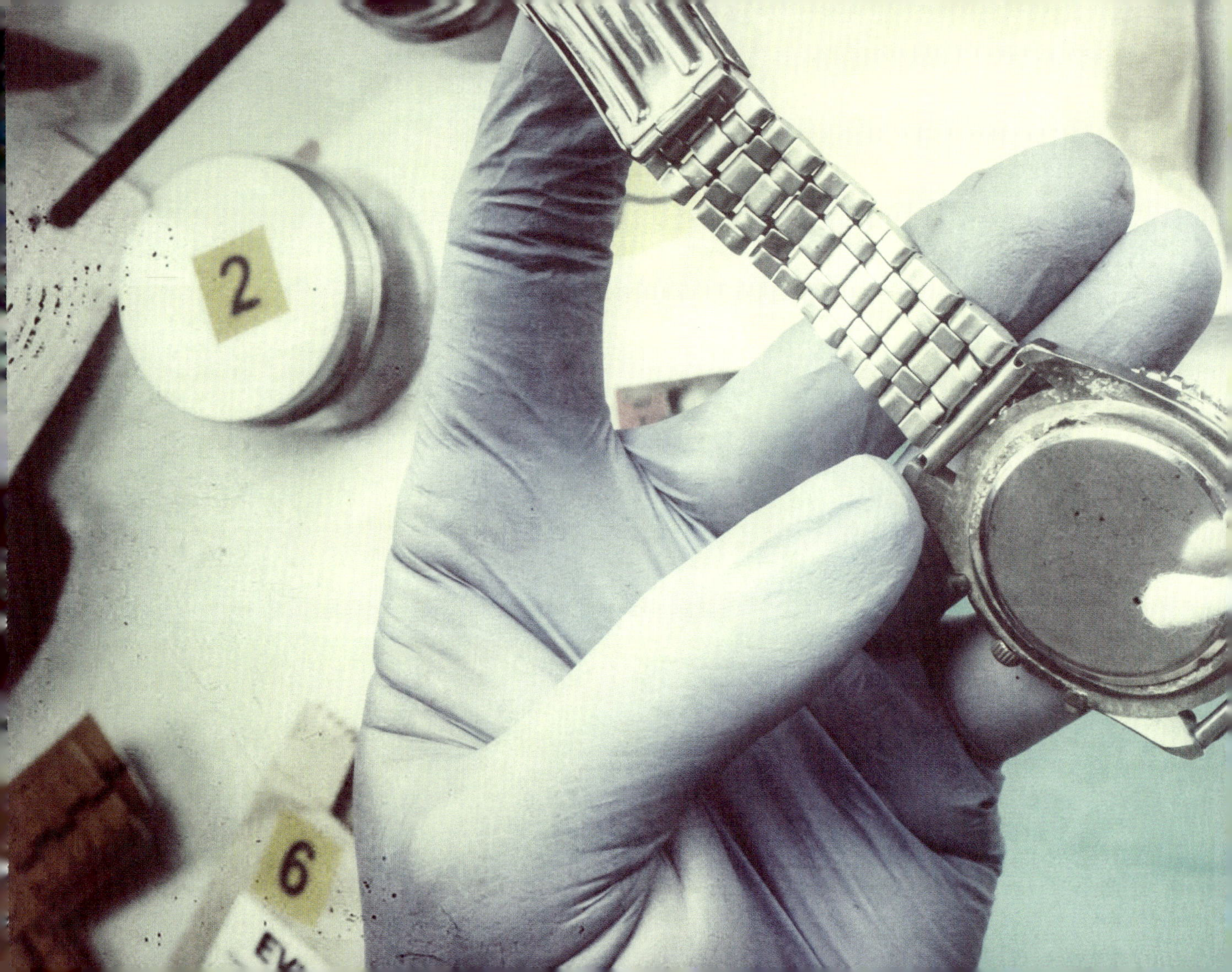
2
6

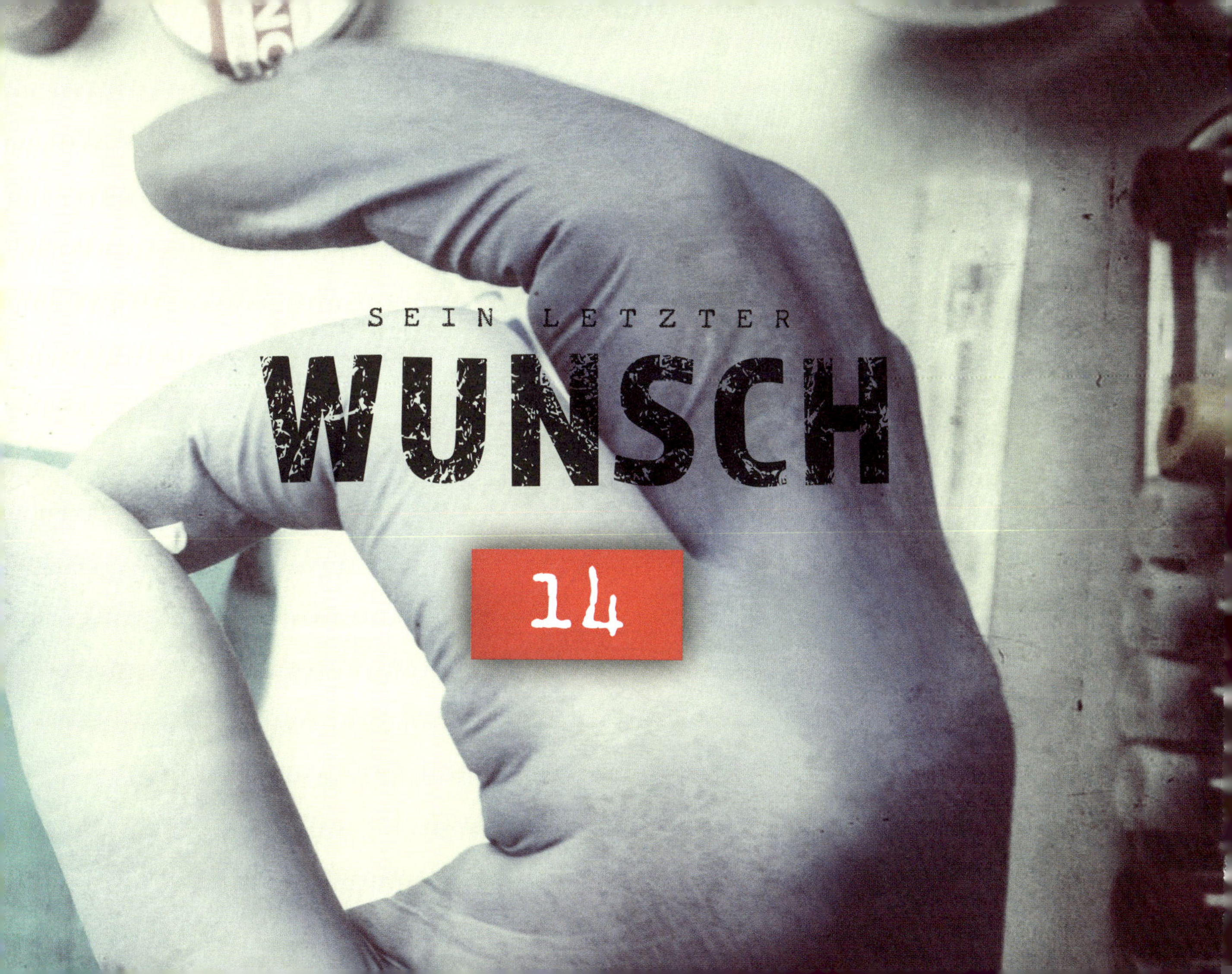

SEIN LETZTER

WUNSCH

14

An diesem Morgen war Milan pünktlich. Bea und er hatten sich mit Albers, dem Kollegen in der technischen Ermittlungsunterstützung, verabredet. Es gab Neuigkeiten zur Rolex, und die waren so brisant, dass er auf ein persönliches Treffen gedrängt hatte.

„Ich warne dich, Albers hat einen Hang zur Theatralik. Also bitte nicht wundern", warnte sie Milan, bevor sie die Tür aufdrückte.

Sobald Bea und Milan den Raum betraten, sprang Albers von seinem Drehstuhl auf und eilte ihnen entgegen. Sein feines blondes Haar wehte über den Ohren, und sein Haupt krönte eine Glatze, die frisch poliert zu sein schien. „Endlich. Endlich. Ihr werdet nicht glauben, was ich euch gleich zeige." Er zog Plastikhandschuhe über und ließ beide lautstark schnalzen.

Vorsichtig zog er die silberne Rolex mit blauem Zifferblatt aus einem durchsichtigen Beutel und präsentierte sie wie das wertvolle Beweisstück, das sie anscheinend auch war.

„Werte Dame. Werter Herr", begann er und blickte dabei erst zu Bea und dann zu Milan. „Sie sehen hier eine Rolex Perpetual Oyster mit Datumsanzeige." Er hielt die Uhr erst Bea und dann Milan unter die Nase. „Wasserdicht, mit ausgezeichneter chronometrischer Präzision und …" Albers machte eine dramatische Pause und drückte auf eine Taste seines Handys. Ein extrem lauter Donnerschlag erfüllte den Raum. Albers hatte es sich natürlich nicht nehmen lassen, sein Handy mit einem Lautsprecher zu verbinden. „Inklusive automatischem Selbstaufzug des Uhrwerks mit Perpetual-Rotor."

Albers schaute erwartungsvoll zwischen Bea und Milan hin und her, die ihn beide verständnislos anblickten.

„Ahhhh." Albers raufte sich die wenigen Haare, die ihm geblieben waren. „Kapiert ihr es nicht?"

„Du musst schon etwas genauer werden …", drängte Bea.

„Dieses Meisterwerk von Uhr zieht sich selbst auf, aber nur, solange sie in Bewegung ist. Ist jemand tot, bewegt sie sich auch nicht. Bis hierher klar?"

Bea und Milan nickten.

„Einem Juwelier, den ich zurate gezogen habe, ist es gelungen zurückzurechnen, wann das Opfer aufgehört hat, sich zu bewegen, also mausemausetot war!"

„Wow, Albers!", entfuhr es Bea, und sie nickte ihm anerkennend zu.

„Tja. Genies unter sich", rief Albers völlig ohne Ironie.

Milan lächelte und beugte sich ein wenig zu Albers nach vorne. „Und wann war Opitz … neues Wort … mausemausetot?"

Albers atmete durch und machte eine viel zu lange Pause, bevor er antwortete. „Am 1. Juni."

Bea und Milan tauschten einen Blick, und Bea war klar, dass

Milan genau dasselbe dachte wie sie. Gerd Opitz konnte die Handynachricht am folgenden Tag nicht an seine Tochter geschickt haben, denn da weilte er schon nicht mehr unter den Lebenden.

Milan schaltete in den vierten Gang und gab Gas. Sie hatten den Parkplatz der Polizeiinspektion Hof gerade verlassen und waren auf dem Weg nach Franzensbad, denn Milan war mit interessanten Neuigkeiten zum Treffen mit Albers gekommen.

„Noch mal von vorne", bat Bea und steckte sich einen Nikotinkaugummi in den Mund. Sie bot auch Milan einen an, der nach kurzem Zögern bereit war, es mal auszuprobieren.

„Also", Milan setzte den Blinker und bog am Amtsgericht nach rechts auf die Ernst-Reuter-Straße ab, „Andrei Jagr ist, wie Lenka Herzigova auch, Miteigentümer des Bohemia Spa Palace. Er ist in den 90er-Jahren mit Coupon-Geschäften sehr reich geworden."

Bea runzelte die Stirn. „Coupon-Geschäfte?"

„Nach dem Ende des kommunistischen Regimes der CSFR wurden fast die Hälfte der Staatsbetriebe mithilfe von Coupons privatisiert. Jeder Bürger konnte diese erwerben und sich damit in ein Unternehmen einkaufen." Milan überholte einen Lastwagen und reihte sich wieder ein. „Das klingt erst mal gut. Aber in einer total verstaatlichten Wirtschaft, wie es die tschechoslowakische war, wusste man kaum etwas über den Umsatz, den Wert der Grundstücke, Gebäude und Fabrikationsanlagen eines Unternehmens."

„Klingt ein bisschen wie Lotto."

„Genau. Und Jagr hatte Glück. Er ist sehr reich damit geworden."

„Kriminell ist das aber nicht."

„Nein. Aber es zeigt Jagrs Geschäftssinn und es war sein Startkapital für weitere Unternehmungen. Zum Beispiel gehörte ihm auch das Casino, in dem Lenka Herzigova und Gerd Opitz sich kennengelernt haben."

„Na und? Ich verstehe nicht ganz."

„Timo und ich haben uns noch ein bisschen weiter unterhalten, während du bei Frau Opitz warst. Im Zeitraum von Opitz' Verschwinden handelte Timo Schneider mit Unfallwagen." Er hielt an einer Ampel und schaute Bea an. „Der Asian Dragon Bazar ist Umschlagplatz für beides und Jagr war dort auch sehr aktiv."

Bea war der Asian Dragon Bazar am Grenzübergang Eger bekannt. Man bekam dort alles. Wirklich alles. Man musste nur die richtigen Leute fragen.

„Und rate mal, wer wegen Handels mit illegal beschafften Autos und Autoteilen im Visier der tschechischen Polizei war?"

„Andrei Jagr?"

„Genau." Milan lächelte und sah kurz zu Bea rüber. „Zufall plus Zufall ist kein Zufall. Alte tschechische Polizistenweisheit."

SEIN LETZTER
WUNSCH
15

Milan hatte seinen Škoda in einer schmalen Gasse gleich neben der St.-Nikolai-Kirche geparkt. Seite an Seite liefen Bea und er über das Kopfsteinpflaster des historischen Marktplatzes von Cheb, das die Deutschen Eger nannten. Milan drückte auf das Klingelschild von Jagr Investment. „Wir haben Jagr nie drangekriegt. Er ist glitschiger als ein Weihnachtskarpfen. Und heute gibt er sich als seriöser Geschäftsmann und engagiert sich sogar in der Politik." Milan deutete mit dem Kinn auf ein Wahlplakat, das einen fülligen Mann in fortgeschrittenem Alter inmitten von betont lässig gekleideten Jugendlichen zeigte. Bea verstand zwar nicht, was auf dem Plakat stand, aber die Bildsprache von Politikern ist international. Hier versuchte jemand krampfhaft, cool zu wirken, und biederte sich bei der Jugend an. Peinlich.

„Vstupte, prosím, bitte treten Sie ein."Jagrs blutjunge Sekretärin war vorausgegangen und bat die beiden Ermittler in Jagrs Büro. Jagr studierte ein an die Wand projiziertes Kreisdiagramm und sah dabei nicht sehr glücklich aus. Umfrageergebnisse, nahm Bea an.

„Sie kandidieren für das Amt des Bürgermeisters?", versuchte es Bea auf Deutsch.

Kaum hatte sie es ausgesprochen, wurde ihr bewusst, dass es von einer gewissen Arroganz zeugte, bei ihrem Gegenüber Deutschkenntnisse vorauszusetzen. Doch Jagr schien es ihr nicht übelzunehmen und reichte ihr die Hand.

„Ich bin Ende sechzig. Viele halten mich für zu alt, um Bürgermeister zu werden. Aber schauen Sie nach Amerika. Trump war bei seinem Amtsantritt siebzig Jahre alt. Biden sogar achtundsiebzig." Er verzog seinen Mund und entblößte eine Reihe strahlend weißer, überkronter Zähne.

Bea grinste nicht zurück. Jagr war ihr zutiefst unsympathisch.

Milan sprach ihn auf Opitz an und informierte ihn darüber, dass seine Leiche gefunden wurde. Dies schien Jagr kaltzulassen. „Opitz? Ich kannte ihn nur flüchtig. Wir spielten manchmal Poker zusammen."

„Dennoch hatten Sie geplant, gemeinsam mit ihm in ein Kurhotel zu investieren."

„Ach, reine Plauderei, nichts Konkretes."

„Aber konkret genug, dass Lenka Herzigova nach seinem Verschwinden seinen Anteil übernommen hat."

Jagr stutzte. „Lenka ist eben eine kluge Frau", sagte er nach einer Weile und nippte an einer Coladose. Noch etwas, was dieser Unsympath mit Trump gemeinsam hatte.

Milan verschränkte demonstrativ beide Arme. „Wir wissen, woher Lenka Herzigova das Geld für die Investition hatte. Und wir wissen auch, dass die Renovierung des Hotels in Wirklichkeit eine Waschanlage für Schwarzgeld war."

Jagr schnaubte. „Dafür haben Sie keine Beweise."

„Gerüchte sind Gift für jede Wahlkampagne. Wäre doch schade, wenn sie genau jetzt wieder aufflammen würden, oder?", sagte Milan und blätterte in einer Tageszeitung, die auf Jagrs Schreibtisch lag.

Jagrs Gesicht lief hochrot an. Milan legte die Zeitung wieder zusammen. „Kommen Sie, Jagr. Was wissen Sie?"

„Kurz nachdem man Opitz' ausgebrannten Wagen gefunden hat, ging in Autoschieberkreisen das Gerücht um, dass der Auftrag dazu aus Deutschland kam. Ein Typ, den alle nur Drago nannten."

SEIN LETZTER
WUNSCH
16

„Drago, das klingt für mich irgendwie slawisch", sagte Bea, während sie zusammen mit Milan über den Asia Dragon Bazar schlenderte. Dreizehn Hektar Geschäfte, Restaurants und Unterhaltung. Ein Stand reihte sich an den nächsten und bot Feuerwerkskörper, Kleidung, Taschen, Schmuck, Pediküre und vieles mehr feil. Und auf dem Parkplatz warteten die Fahrer der Reisebusse auf die Gäste, die zu Hunderten hierherkutschiert wurden.

„Muss nicht unbedingt slawisch sein", antwortete Milan und prüfte die Uhrzeit auf seinem Handy.

Bea blieb stehen und besah sich ein Hemd von Gucci näher, dass gleich neben einigen Softair-Waffen und Rolex-Uhren ausgestellt war. „Ende Mai war Gerd Opitz geschäftlich in der Schweiz, auf dem Weg zurück machte er einen Abstecher nach Berchtesgaden und besuchte dort Lenka Herzigova. Danach fuhr er weiter nach Münchberg und überreichte am 1. Juni seiner Tochter sein Geburtstagsgeschenk."

„Die mobilen Verbindungsdaten, die zum Zeitpunkt des Verschwindens gesammelt wurden, bestätigten alles. Auch die Handynachricht an seine Tochter wurde von Opitz' Telefon verschickt. Das wurde damals auch nachgeprüft", ergänzte Bea. „Aber zu dem Zeitpunkt war Opitz schon tot."

Milan bog in eine schmale Gasse ein, die an der Rückseite der Verkaufsstände vorbeiführte. „Und das Handy ist weg." Er hielt kurz an und ließ einen Mann mit einer Kiste vorbei.

„Wer hat also die Nachricht von Opitz' Handy geschickt?"

„Der Täter." Bea blieb stehen. „Könnte Lenka Herzigova vielleicht doch etwas damit zu tun haben und vielleicht sogar mit Jagr gemeinsame Sache gemacht haben?"

Milan wiegte den Kopf. „Lenka Herzigovas Alibi für den 1. Juni ist wasserdicht, ihre Freundin hat auch bestätigt, dass sie damals mit Lenka im Hotel war, das habe ich überprüft."

Bea sah Milan verwundert an. „Nach zehn Jahren erinnert sich die Zeugin so genau?"

Milan nickte. „Davor und danach hat sie nie wieder in so einem luxuriösen Ambiente Ferien gemacht. Und das gratis." Milan holte eine Zigarettenschachtel aus der Jacke, zog eine Zigarette heraus und schob sie wieder hinein. „Außerdem hat Lenka Herzigova Jagr nicht über unseren Besuch informiert und vorgewarnt. Das spricht dafür, dass sie ein echtes Interesse daran haben könnte, den Mörder von Opitz zu überführen, auch wenn es sich um einen langjährigen Geschäftspartner handeln könnte."

„Ihre Bestürzung über den Fund von Gerd Opitz schien jedenfalls echt gewesen zu sein. Und wir müssen dringend die Alibis von Kapetanović und Jagr für den 1. Juni nachprüfen", ergänzte Bea, während sie ein Restaurant betraten und Beas Magen genau in dem Moment laut knurrte. Peinlich berührt verstummte sie und blickte sehnsüchtig zu den verblichenen Fototafeln, die böhmische Hausmannskost anpriesen.

„Essen Sie hier bloß nichts, das Zeug ist ungenießbar“, warnte Milan.

„Danke für die Warnung.“ Bea lächelte und streckte ihm die Hand entgegen. „Wollen wir uns duzen?“

Milan schlug lächelnd ein. „Ich dachte schon, Sie ... äh, du fragst nie.“

Sie bestellten je einen Kaffee. Kurz darauf stand Milan vom Tisch auf und folgte dem Kellner unauffällig, denn er war sein Informant.

Während Bea auf Milan wartete, bemerkte sie eine junge Frau, die ein Hundebaby auf dem Arm hielt, das sowohl in Alter als auch Aussehen dem Welpen sehr ähnelte, den Timo angeblich gerettet hatte. Bea näherte sich der jungen Frau, machte ihr jede Menge Komplimente zu ihrem süßen Hundebaby und fragte nach einem Kontakt. Tatsächlich notierte ihr die junge Frau eine tschechische Handynummer und erklärte auf Englisch, dass der Wurf noch nicht ganz ausverkauft sei und die Tiere sogar Papiere hätten.

Bea hatte sich gerade verabschiedet, als Milan zurück an den Tisch kam und den Kopf schüttelte. „Mein Informant weiß nichts von einem Drago, wird aber ein paar Erkundigungen einziehen.“

Bea bat Milan, bei der Nummer anzurufen, die sie von der jungen Frau erhalten hatte, und ein Treffen zur Welpenbesichtigung zu vereinbaren. Milan zögerte erst und verwies darauf, dass sie einen Mord aufzuklären hätten, gab aber schließlich nach und versprach ihr, die Nummer an seine zuständigen Kollegen weiterzuleiten. Bea hatte nicht vor, Evas Kindern den Welpen wieder wegzunehmen, aber wenn sie einen dieser unverantwortlichen Züchter hochnehmen konnte, würde sie das auch tun.

SEIN LETZTER
WUNSCH
17

Bea ließ ihren Dienstwagen ausrollen und wunderte sich über Evas schwarzen SUV, der vor dem Hochhaus, dem einzigen Hochhaus Münchbergs, das diesen Namen verdiente und Beas Zuhause war, parkte. Es war sehr spät geworden, denn Bea und Milan hatten noch einen Termin in der Rechtsmedizin mit Reul wahrgenommen. Das CT hatte gezeigt, dass Opitz an einem Kopfschuss in die Stirn gestorben war. Reul kam in seinem anthropologischen Gutachten aber auch zu dem Schluss, dass Opitz kurz vor seinem Tod einen Schädelbruch erlitten und den Unterarm gebrochen hatte, aber beide Verletzungen mit Sicherheit nicht tödlich gewesen waren.

Bea wartete auf den Lift, als sich die Türen öffneten, Eva herausstürzte und Bea fast umrannte.

„Eva, alles in Ordnung?“, fragte Bea und bemerkte, wie blass ihre Freundin war.

„Ich muss heim, ich muss ...“ Eva brach ab und fasste sich an die Brust.

„Eva, so kann ich dich nicht fahren lassen, du zitterst ja.“ Widerwillig ließ sich Eva von Bea zurück in die Wohnung führen.

„Do bist ja endlich! Immer am Arbeiten“, rief Beas Mutter und stellte ihr sofort einen Teller Hühnersuppe auf den Küchentisch. „Eva, schee, dass ihr zwaa eich noch getroffen habt. Alles in Ordnung mit dir?“, schob Beas Mutter nach, während Bea Eva einen Stuhl anbot und ihr half, sich zu setzen.

„Ach, ja. Mir wurde plötzlich nur so schwindelig. Ich weiß auch nicht, was los ist“, antwortete Eva und lächelte zaghaft.

Bea reichte Eva ein Glas Wasser, sie trank es in einem Zug leer und atmete danach einmal tief durch. „Jetzt geht es wieder. Alles gut. Keine Sorge.“

Bea füllte das Glas nach. „Komm, wir gehen auf mein Zimmer.“ Eva nickte und war gerade vom Stuhl aufgestanden, da drückte Beas Mutter Eva schon einen Teller mit selbst gebackenen Plätzchen in die Hand und lächelte ihr aufmunternd zu. Bea lächelte gequält und schob Eva in ihr Zimmer.

„Wow, Bea, hier sieht es ja echt genauso aus wie zu Schulzeiten.“ Eva ließ ihren Blick über die Poster an der Wand schweifen und blieb bei Lady Gaga hängen. Bea nutzte die Zeit, um mit wenigen Handgriffen einige Unterlagen und Fotos zum aktuellen Mordfall auf die Seite zu räumen, die sie sich Tags zuvor mit nach Hause genommen hatte, und ärgerte sich über ihre Nachlässigkeit.

„Eva, was ist los? Etwas stimmt doch nicht?“, fragte Bea.

Eva sah sie erst an und schwieg, dann schüttelte sie den Kopf und setzte sich auf die Kante von Beas Jugendbett, welches ihre Mutter frisch bezogen hatte.

Eva stellte den Plätzchenteller auf der Biber-Bettwäsche mit Pferdemotiv ab. „Bea, du musst mir helfen. Timo macht mir

Angst. Und ich glaube, er hat etwas mit dem Mord an meinem Vater zu tun."

„Wie meinst du das?" Bea zog sich den Schreibtischstuhl heran und setzte sich Eva gegenüber.

„Timo ist total reizbar ..." Sie brach ab und begann zu weinen.

Bea griff nach einer Packung Papiertaschentücher auf ihrem Schreibtisch, zog eines heraus und reichte es Eva, die stotternd und unter Tränen versuchte, einen zusammenhängenden Satz herauszubringen. Bea verstand nur Wortfetzen, während sie Eva weitere Taschentücher reichte und schließlich die ganze Packung auf den Schoß legte. Ihre Mutter öffnete ohne anzuklopfen die Tür und spähte durch den Türspalt. Bea scheuchte sie sofort mit einer Handgeste davon und war froh, dass Eva nichts bemerkt zu haben schien.

Eva reichte Bea ihr Wasserglas. „Weißt du, Bea, Timo und ich führen nicht die Bilderbuchehe, wie du vielleicht glaubst." Eva schnäuzte sich in ein Taschentuch. und Bea war froh, dass ihre Freundin nicht ihren überraschten Gesichtsausdruck mitbekam. „Wir haben alles", fuhr Eva fort, „finanziell gesehen jedenfalls ... Aber, weißt du ... ich bin schon lange nicht mehr glücklich mit Timo." Eva atmete tief durch und sah Bea fest an. „Er ist jähzornig und ... wird auch handgreiflich." Sie sah zum Fenster, dessen nachtschwarze Scheibe das Licht der Zimmerlampe reflektierte. „Nicht nur mir gegenüber. Auch die Jungs kriegen regelmäßig was ab. Er schreit herum und schmeißt Gegenstände. Neulich hat ein Kristallaschenbecher nur haarscharf meinen Kopf verfehlt."

„Oh Gott, Eva. Das tut mir so leid." Bea legte ihre Hand auf Evas Unterarm, doch sie zuckte zurück.

„Ist schon gut, Trixie. Es ist ja meine Schuld. Ich habe die ganzen Jahre über geschwiegen. Aus Scham. Und weil ich glaubte, Timo würde sich eines Tages ändern." Eva umfasste ihr Handgelenk und Bea bemerkte den blaugrünen Bluterguss, der sich auf Evas Haut abzeichnete. „Und seit man Papa gefunden hat ...", sie zögerte, „... ist es noch viel schlimmer mit Timo geworden."

„War er das?" Bea schob Evas Finger zur Seite und den Ärmel ihres Pullovers vorsichtig nach oben. Ein dunkelvioletter Bluterguss erstreckte sich bis auf den halben Unterarm.

Eva nickte und blickte zu Boden. „Ich hab damals, als Papa verschwand, der Polizei nicht ganz die Wahrheit gesagt. Timo war an dem Abend meines Geburtstages doch noch weg und nicht die ganze Zeit bei mir."

Beas Kehle fühlte sich auf einmal staubtrocken an. Sie nahm einen Schluck von Evas Wasser. „Aber warum hast du das damals der Polizei nicht gesagt?"

Eva sah Bea mit aufgerissenen Augen an. „Timo war doch meine große Liebe."

SEIN LETZTER
WUNSCH
18

Das Haus, das Werner Wolfrum bewohnte, grenzte direkt an den Höllbach, der durch Rehaus Stadtgebiet floss und drei Kilometer weiter die Grenze nach Tschechien überquerte.

„Und wie lange war Timo weg?“, fragte Milan, während Bea und er die Straße überquerten.

„Eva meinte, er sei erst in den frühen Morgenstunden zurückgekehrt.“

Milan blieb stehen und stellte sich ihr in den Weg. „Bea, ich verstehe wirklich nicht, was wir hier bei Wolfrum machen. Was wir jetzt tun müssen, ist, Timo Schneider sofort zu vernehmen! Dass er gelogen hat, macht ihn höchst verdächtig! Das wird sogar für Untersuchungshaft reichen.“

Bea drängte sich an Milan vorbei und ging weiter. „Nur ein Tag. Ich habe es Eva versprochen.“

„Du hast es Eva versprochen?“ Milan hielt Bea am Arm fest. „Bea, du bist in erster Linie Kommissarin.“

Bea riss sich von Milan los. „In allererster Linie bin ich ein Mensch und eine Freundin. Und wenn Eva Angst hat und sagt, sie braucht einen Tag, um mit den Kindern das Haus und Timo zu verlassen, dann kriegt sie die Zeit auch.“

Milan schüttelte den Kopf. Bea erlebte ihn zum ersten Mal so zornig und fürchtete, dass er gleich ihren Vorgesetzten anrufen und alles in Bewegung setzen würde, damit Timo festgenommen wurde. Doch Milan tat nichts dergleichen.

Erleichtert drückte Bea aufs Klingelschild. Werner Wolfrum, ein älterer, etwas übergewichtiger Herr mit grauem Schnauzbart, öffnete die Tür und bat darum, ihm in den Garten zu folgen.

„Ich will nur noch schnell die Täubchen füttern“, rief er und betrat eine Voliere, die nach oben hin geöffnet war. Blaue, graue und auch ein paar weiße Tauben, wie man sie manchmal auf Hochzeiten sieht, gurrten um die Wette und pickten die Körner auf, die Wolfrum auf den Boden streute.

„Seit ich den Polizeidienst verlassen habe, habe ich endlich Zeit für meine vielen Hobbys.“ Wolfrum blickte milde lächelnd auf und scheuchte eine Taube weg, die sich auf seinem Arm niedergelassen hatte und nach der Schale mit den Körnern pickte.

„Ja, ich habe schon gehört, dass Sie passionierter Segelflieger sind. Von meinem Onkel“, sagte Bea.

„Ist dein Onkel der Römer Thomas?“

Bea nickte.

„Sagst ihm schöne Grüße, wenn du ihn das nächste Mal siehst. Jetzt im Winter ist ja so selten Segelflugwetter.“ Wolfrum schloss die Voliere.

Bea registrierte den für diese Kleinstadt charakteristischen Geruch, den der Wind in ihre Nase trug. Er stammte von einer Lederfabrik in der Nähe. Eine eigenartige Mischung aus Metall und Urin, die sich sofort und für immer ins Gehirn einbrannte.

Vielleicht bildete sie sich diesen Geruch auch nur ein, denn offiziell hatte die Stadtverwaltung das Problem schon seit einigen Jahren beseitigt. Wolfrum ging zurück ins Haus und bat Milan und Bea, ihm ins Wohnzimmer zu folgen.

Bea fielen sofort die vielen gerahmten Fotos an der Wand auf. Keine Familienfotos, sondern Fotos, die Werner Wolfrum bei seinen vielen Hobbys zeigten.
„Herr Wolfrum ...", setzte Bea an.
„Sag ruhig Werner zu mir. So alt bin ich auch wieder nicht." Er lächelte, setzte sich auf einen Sessel und legte die Hände auf seine Knie.

„Also, Werner ...", begann Bea, „du hast ja damals die Ermittlungen zum Verschwinden von Gerd Opitz geleitet." Sie machte eine kurze Pause. „Und ich ... also mein Kollege und ich haben uns gefragt, warum die beiden Kameras auf dem Grundstück von Opitz in keinem Bericht erwähnt wurden."

Wolfrum räusperte sich und lehnte sich in seinem Sessel zurück. „Das ist so lange her ... vermutlich haben die Kameras nichts aufgezeichnet ... oder waren kaputt."

Er sah auf seine Armbanduhr. „Oh, so spät schon. Ich muss leider los." Er stand auf. „Ich bin zum Schafkopfen verabredet."

Bea stellte sich ihm in den Weg. „Werner. Frau Opitz hat aber gesagt, die Kameras waren nicht kaputt und hätten aufgezeichnet." Sie blickte in Wolfrums wässrige blaue Augen, während sie auf seine Reaktion wartete. Er schob sie grob zur Seite und ging an ihr vorbei in den Flur. „Wenn es was drauf zu sehen gegeben hätte, dann stünde das in meinem Bericht!"

„Die Kameras werden in deinen Berichten nirgends erwähnt. Kein einziger Hinweis darauf, dass sie überhaupt existieren! Wie erklärst du dir das?", rief sie, während sie Wolfrum in den Flur folgte.

Wolfrum blieb mit dem Rücken zu ihr stehen. „Ich stand kurz vor meiner Pensionierung. Auch mir passieren Fehler."

Milan tippte Bea auf die Schulter und deutete auf ein Foto im Flur, das Wolfrum mit seinen Kegelbrüdern zeigte. Sie erkannte darauf ... Aleksandar Kapetanović. Bea nickte Milan zu, sie hatte verstanden, wollte aber nichts überstürzen und sich zuvor mit Milan absprechen.

Wolfrum verabschiedete sich und wirkte plötzlich nicht mehr so gelassen und freundlich wie zu Anfang ihres Besuchs.

„Wolfrum verschweigt uns etwas", sagte Bea etwas später, als sie zu Milan ins Auto stieg. „Er und Kapetanović sind im gleichen Kegelverein. Und ja, die Waffen vom Balkan schwirren jetzt auf der ganzen Welt herum. Aber was, wenn es kein Zufall ist, dass die Waffe, mit der Opitz ermordet worden ist, vom Balkan stammt, genauso wie Kapetanović? Wir müssen ihn unbedingt noch einmal vernehmen!"

Milan nickte nur, zündete sich eine Zigarette an und blies den Rauch aus dem geöffneten Autofenster.

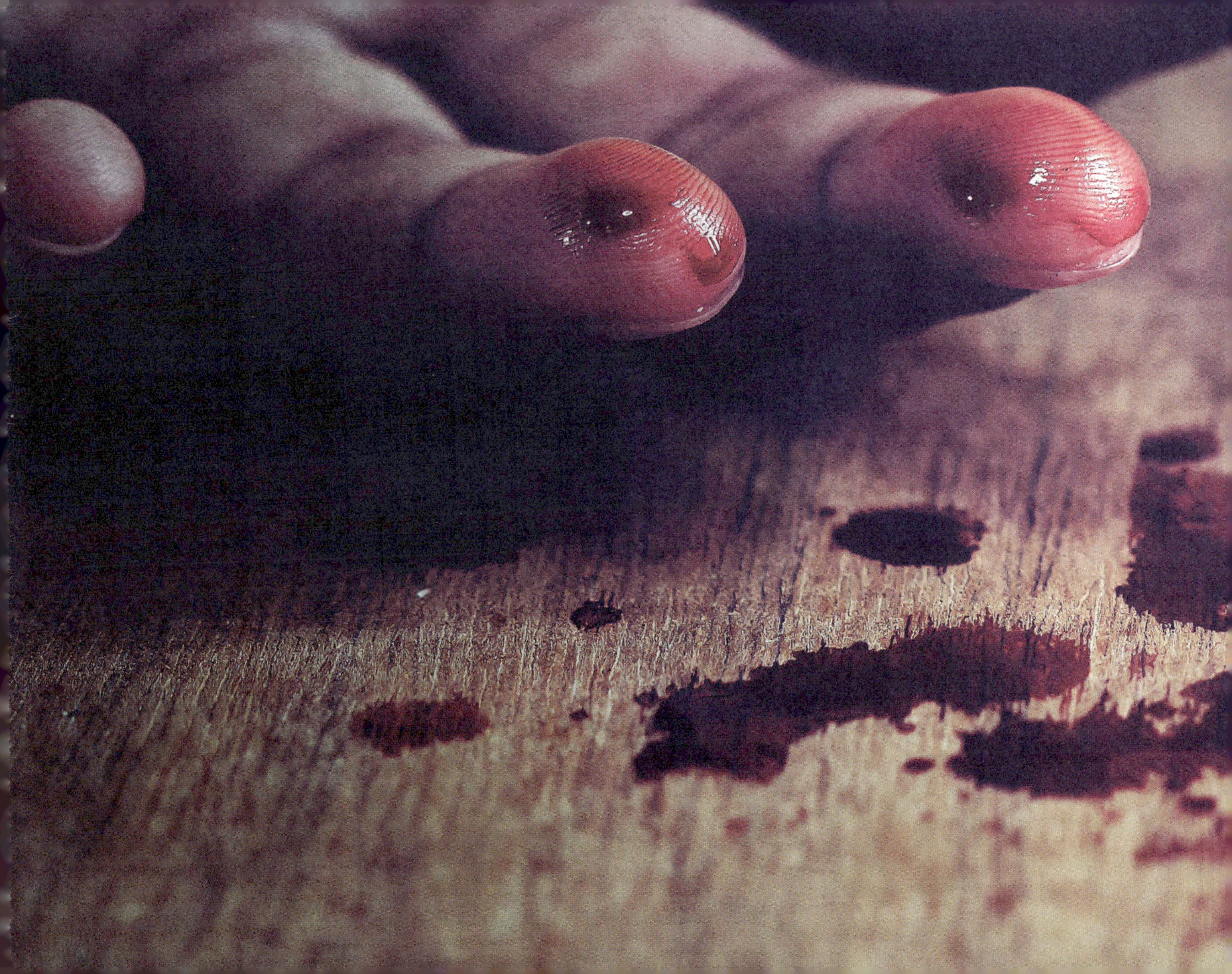

SEIN LETZTER
WUNSCH
19

Auf dem Weg zu Kapetanović hatte Bea ein Anruf von der Dienststelle erreicht. Ehestreit im Hause Opitz. Zwei Verletzte, einer davon schwebte mit einer Schussverletzung in Lebensgefahr. Bea setzte sofort das Blaulicht aufs Autodach und gab Vollgas, während Milan sich telefonisch um einen Durchsuchungsbefehl für die Villa Opitz kümmerte.

Als Bea mit quietschenden Reifen vor der Villa zum Stehen kam, hatte sich bereits eine ansehnliche Menge Schaulustiger versammelt. Nicht wenige filmten mit ihrem Handy oder machten Fotos, und mehrere Polizeibeamte waren damit beschäftigt, die Gaffer hinter das Absperrband zu drücken. Anne Opitz lag festgeschnallt auf einer Trage und wurde von den Sanitätern in einen Krankenwagen geschoben. In der Garage auf dem Boden lag Timo. Er war blutüberströmt und wurde beatmet. Die Sanitäter hatten seinen Pullover und seine Jeans aufgeschnitten und mit Wundklammern seine Schusswunden versorgt, um die Blutung zu stoppen. Eine Notärztin gab den Sanitätern Anweisungen und zog eine Spritze auf.

„Er hat mindestens fünf Schussverletzungen, eine davon ein Bauchschuss", informierte der Einsatzleiter Bea und Milan. „Er hat viel Blut verloren und ist vorhin kollabiert. Schaut nicht gut aus."

Bea ließ sich vom Einsatzleiter zu Eva führen, die in einem weißen Schutzanzug und Einweghandschuhen leichenblass und zitternd im Wohnzimmer auf der Couch saß, während Milan am Tatort geblieben war.

Die Spurensicherung hatte bereits Evas Kleidung eingetütet. Ein Notarzt nahm ihr gerade die Blutdruckmanschette ab.

„Wie geht es ihr?", fragte Bea den Arzt.

„Den Umständen entsprechend gut. Sie ist vernehmungsfähig."

Bea nahm Eva gegenüber auf einem Sessel Platz. „Eva, magst du mir erzählen, was passiert ist?"

„Oh, Trixie." Eva schluchzte auf. „Ich habe die Kinder zusammen mit dem Welpen zu einer Freundin gebracht, und als wir dort waren, hat mein Jüngster so geweint, weil er seinen Kuschelhasen vergessen hat. Ich bin dann noch einmal allein zurück." Eva rieb sich mit beiden Händen die Stirn. „Was ist das nur für ein Albtraum? Ich bin so froh, dass du da bist." Eva schluchzte auf.

„Es wird alles gut. Du bist jetzt in Sicherheit, Eva. Erzähl mir, was danach passiert ist", versuchte Bea sie zu beruhigen.
Aus dem Augenwinkel bemerkte Bea, dass Milan das Wohnzimmer betrat und in einem Beweissicherungsbeutel die Tatwaffe dabeihatte.

„Ich hatte gerade die Haustür aufgeschlossen, als Timo mich überraschte. Wir fingen an zu streiten und dann ..." Eva schlug die Hände vor die Augen. „Ich habe ihm gesagt, dass du jetzt weißt, dass er nicht die ganze Nacht bei mir geblieben ist." Sie verstummte.

„Und was ist danach passiert, Eva?", fragte Bea.

Eva sah auf. „Dann war er weg. Ich bin nach oben ins Kinderzimmer gerannt, hab mir das Kuscheltier geschnappt und hatte gerade die Haustür hinter mir zugezogen, da stand er plötzlich hinter mir und richtete die Pistole auf mich." Eva legte sich die Hand auf die Brust und atmete tief durch, bevor sie weitersprach. „Ich war wie erstarrt und brachte keinen Ton raus. Da packte er mich an den Haaren und zog mich mit vorgehaltener Waffe über das Grundstück in die Garage."

„In die Garage?", hakte Bea nach.

Eva nickte. „Er hat geschrien, er wird mit mir einen Ausflug machen, von dem ich nie wieder zurückkomme." Eva vergrub ihr Gesicht in den Händen. „Und dann ist etwas in mir gekippt. Irgendwie habe ich die Waffe zu fassen bekommen." Eva schaute auf, ihre Augen waren stark gerötet und ihre Hände bebten. „Ich weiß nicht, wie oft ich geschossen habe. Alles, woran ich mich erinnere, ist die Angst, die mich in dem Moment antrieb." Sie blickte ins Leere. „Und dann stand die Mutti auf einmal vor mir und hat geschrien." Eva blickte Bea an. „Wo ist sie?"

„Ihre Mutter hatte einen Schwächeanfall und wurde ins Krankenhaus gebracht. Es geht ihr aber gut", antwortete Milan.

„Wusstest du, dass Timo eine Waffe besaß?", fragte Eva.

Eva schüttelte den Kopf. „Nein, ich hatte keine Ahnung."
Sie schlug die Hand auf den Mund und sah von Bea zu Milan. „Lebt er?"

Milan zögerte, auch Bea blickte Milan fragend an. „Er ist auf dem Weg ins Krankenhaus ins Koma gefallen. Er hat sehr viel Blut verloren."

„Oh, Gott! Ich mache mir solche Vorwürfe! Ich hätte nie so lange schweigen dürfen ... dann wäre das alles niemals passiert, aber ich habe Timo so geliebt." Eva schluchzte auf und klammerte sich an Bea, die sie festhielt, bis sie sich etwas beruhigt hatte.

„Der Durchsuchungsbefehl ist genehmigt worden, die Beamten durchsuchen bereits die Privaträume", informierte Milan Bea, nachdem Eva in Begleitung eines Beamten zur Sicherung der Spuren an ihrem Körper zu einer rechtsmedizinischen Untersuchung gebracht wurde. Er reichte Bea die Tatwaffe im Beweissicherungsbeutel und sah sie vielsagend an. „Kaliber 7,65 mm Browning, Marke Crvena Zastava."

Bea betrachtete die Waffe. „Das ist alles meine Schuld. Es wäre nie so weit gekommen, wenn wir Timo sofort in Gewahrsam genommen hätten."

SEIN LETZTER
WUNSCH
20

Bea und Milan saßen in ihrem fensterlosen Dienstraum in der Hofer Dienststelle und tippten Berichte. Der Schusswaffenerkennungsdienst hatte bestätigt, dass der Schuss auf Dr. Gerd Opitz aus der Pistole abgefeuert wurde, aus der auch von Eva auf Timo geschossen wurde. Zusammen mit Evas Aussage war die Indizienlast so hoch, dass die Staatsanwaltschaft Anklage erheben wollte, sobald Timo Schneider wieder bei Bewusstsein war.

„Bingo!", rief Milan und streckte Bea sein Handydisplay entgegen. „Die Telefonnummer, die du von der Frau mit dem Welpen bekommen hast, führte die Kollegen zu einem Hundezüchter, der die Tiere unter katastrophalen Bedingungen gehalten hat. Und rate mal, wer kürzlich von ihm einen Welpen gekauft hat?"

Bea sah von ihrem PC auf, denn sie verfasste gerade einen Bericht über die Ereignisse in der Villa Opitz. „Spann mich nicht so auf die Folter!"

„Ein gewisser Drago. Und wir haben sogar eine Telefonnummer von ihm." Milan lächelte.

Bea rollte ihren Schreibtischstuhl neben Milan. Er tippte auf die Nachricht, die auf Tschechisch verfasst war. „Drago alias Timo Schneider."

„Dann hat Timo damals den Auftrag an die Autoschiebermafia erteilt, den Wagen von Opitz in die Tschechei zu schaffen?"

„Mit ziemlicher Sicherheit", bestätigte Milan.

Bea schüttelte den Kopf. „So krass, wozu Menschen fähig sind. Ich finde es unglaublich, dass Timo erst Evas Vater tötet und dann einen Tag später eine gefälschte Nachricht vom Handy des Ermordeten an die Tochter schickt."

„Das Wort unglaublich würde ich in diesem Zusammenhang nicht verwenden", warf Milan ein.

„Eva war seine Freundin, spätere Ehefrau und Mutter seiner Kinder! Wie skrupellos muss man sein? Was Eva alles mit Timo durchgemacht hat, ist kaum vorstellbar. Hoffentlich wird jetzt alles gut für sie."

Milan hielt Bea am Arm fest. „Ich weiß nicht, Bea, mein Instinkt sagt mir, dass das noch nicht alles war."

Bea schüttelte den Kopf. „Dein Instinkt?! Könnte es denn auch an deiner charmanten deutschen Kollegin liegen, dass du diesen Fall nicht loslassen kannst?" Bea boxte ihm lachend mit dem Ellbogen in die Rippen und rollte mit ihrem Bürostuhl zurück an ihren Schreibtisch. „Gerd Opitz war gegen die Beziehung von Timo und Eva. Das ist ihm schließlich zum Verhängnis geworden. Eins-a-Tatmotiv, würde ich sagen ..."

„Nein, mal im Ernst, Bea. Wolfrum verheimlicht etwas. Und das hat mit Kapetanović und dem Verschwinden von Opitz zu tun."

Bea starrte auf ihren Bildschirm und winkte Milan wortlos zu sich. „Allein auf deinen Instinkt müssen wir uns jetzt nicht mehr verlassen."

Milan sprang von seinem Stuhl auf und schaute über Beas Schulter auf ihren Bildschirm, auf ein schwarz-weißes Standbild der Überwachungskamera von Opitz' Villa. Ein Junge mit schwarzer Jacke und tief ins Gesicht gezogener Basecap war darauf zu sehen, der mit einer Sprühdose über das Anwesen der Familie Opitz lief.

Bea deutete auf den Zeitstempel. „22:08 Uhr am 1. Juni. Dem Tag, als Gerd Opitz das letzte Mal lebend gesehen wurde."

„Woher hast du das?", fragte Milan.

„Kam gerade von der Technik. Wurde auf einem alten Laptop in der Villa von Familie Opitz gefunden."

Bea wechselte zu einer zweiten Datei und klickte darauf. Die Großaufnahme eines Jungengesichts erschien, mit einem deutlich erkennbaren Muttermal auf der rechten Wange.

SEIN LETZTER
WUNSCH
21

Eine halbe Stunde später, es war bereits dunkel geworden, klingelten Milan und Bea bei Familie Kapetanović. Der Mann mit dem Leberfleck auf der Wange öffnete die Tür. In den letzten zehn Jahren war er von einem Teenager zum Erwachsenen herangereift, aber Bea erkannte in ihm sofort den Jungen von der Kameraaufnahme. Auf seinem Arm trug er das kleine Mädchen, mit dem Bea und Milan schon bei ihrem ersten Besuch Bekanntschaft geschlossen hatten.

Bea zeigte ihren Kripoausweis. „Guten Tag. Römer. Kriminalpolizei." Sie deutete mit dem Kinn auf Milan, der ebenfalls seinen Ausweis vorstreckte. „Mein Kollege Milan Svoboda. Sind Sie Dragomir Kapetanović?"

Er nickte unsicher. „Sie wollen sicher zu meinem Vater ..."

„Wir wollen auch zu Ihrem Vater. Dürfen wir reinkommen?"

Er trat zur Seite und wandte sich an das Mädchen. „Geh rauf in dein Zimmer."

„Tata, ich mag hierbleiben."

„Das geht nicht. Geh jetzt."

Das Mädchen gehorchte widerwillig und lief die Treppe hoch in den ersten Stock, während auch der ältere Kapetanović zur Tür gekommen war und Milan und Bea aus braunen Augen aufmerksam musterte.

Die beiden Männer raunten sich einige Sätze in ihrer Muttersprache zu, die Bea nicht verstand.

„Ohne Anwalt sagt mein Vater gar nichts mehr." Der junge Mann stellte sich mit verschränkten Armen schützend vor seinen Vater und strich sich eine braune Haarsträhne hinter das Ohr.

Milan lächelte sein schiefes Lächeln und trat einen Schritt näher an die Tür. „Und was genau meinte Ihr Sohn mit *Die wissen gar nichts*?"

Die beiden Männer waren sichtlich überrascht, dass Milan ihre Unterhaltung verstanden hatte, und schwiegen.

„Schaut ganz nach einer persönlichen Einladung ins Polizeipräsidium aus", meldete sich Bea zu Wort und zeigte ihm das Standbild von Opitz' Überwachungskamera, das ganz deutlich Dragomir zeigte.

Der Vater legte den Arm um seinen Sohn und flüsterte ihm etwas zu. Bea hörte, wie er seinen Sohn Drago nannte, und sah zu Milan, der ihr mit einem Blick zu verstehen gab, nicht einzugreifen.

„Okay. Ich war das mit dem Spruch an der Hauswand von Opitz", gab der junge Kapetanović schließlich zu. „Aber ich habe nichts, wirklich gar nichts, mit seinem Verschwinden zu tun."

Bea zog die Augenbrauen hoch. „Und das sollen wir Ihnen einfach so glauben?"

Er nickte und wirkte mit seinen dunklen, tief liegenden Augen wie ein kleiner Junge, der etwas ausgefressen hatte und hoffte, dass die Strafe nicht so schlimm ausfallen würde. „Mein …", er zögerte, „mein Besuch fiel ungefähr mit dem Zeitpunkt von Gerd Opitz' Verschwinden zusammen, da hatte ich Angst, dass man mich verdächtigen würde."

„Wann fand Ihr Besuch denn statt?", hakte Bea nach.

„Am Hofer Schlappentag. Das weiß ich noch ganz genau. Ich bin spätnachts mit dem Auto zur Opitz-Villa gefahren, hab mich über den Zaun geschlichen und …" Er brach ab.

„… haben die Hauswand mit *Kapitalistensau* besprüht, richtig?", vervollständigte Bea seinen Satz.

Er nickte. „Ich war so sauer, dass mein Vater wegen ihm seine Arbeit verloren hat."

„Er war gerade erst achtzehn geworden", mischte sich Kapetanović Senior ein.

„Und deshalb haben Sie Ihren Kegelbruder Wolfrum darum gebeten, eine Auge zuzudrücken, nicht?"

Kapetanović schwieg. „Werner hatte die Kameras schon überprüft, da war nichts darauf, außer Drago." Er verpasste seinem Sohn einen harten Klaps auf den Hinterkopf.

„Haben Sie an dem Abend eine besondere Beobachtung gemacht?", wandte sich Milan an Kapetanović Junior.

Der junge Kapetanović lehnte sich gegen den Türrahmen und steckte beide Hände tief in die Taschen seiner Jeans. „Es war stockdunkel. Niemand auf der Straße. Ich stieg über die Mauer und lief über das Grundstück bis zum Haus und hatte gerade angefangen, da hörte ich aus einem Fenster Geschrei. Ein Streit."

„Konnten Sie verstehen, worum es ging?"

„Nein, nicht wirklich. Nur Gesprächsfetzen. Aber ich bin sicher, es stritten sich ein Mann und eine Frau. Das konnte ich an den Stimmen erkennen." Er blickte über Milans und Beas Schultern hinweg in die Dunkelheit. „Aber ein Wort fiel sehr häufig, und das fand ich seltsam."

„Welches Wort?", hakte Bea nach.

„Das Wort Adoption. Und dann …", er blickte weiter an Bea und Milan vorbei ins Leere, „splitterte plötzlich Glas, danach war es still."

SEIN LETZTER
WUNSCH
22

Auf dem Weg zum Auto zündete sich Milan eine Zigarette an. Er musste Beas sehnsüchtigen Blick bemerkt haben und hielt ihr die Schachtel hin, doch Bea lehnte dankend ab und holte ihre Nikotinkaugummis aus der Tasche. „Sprichst du jetzt auch Serbisch, Bosnisch oder Kroatisch oder was auch immer das war?“

Milan schüttelte den Kopf. „Nein, aber den Sinn konnte ich erfassen. Alles, wie das Tschechische, slawische Sprachen.“

Bea blieb stehen und sah Milan wortlos an. Sie hatte begriffen, dass Eva sie von Anfang an angelogen hatte, und konnte es nur noch nicht in Worte fassen. „Wenn es stimmt, was der junge Kapetanović gesagt hat, und es bei dem Streit um eine Adoption ging, dann hat Lenka Herzigova vermutlich die Wahrheit gesagt und Opitz wollte sie wirklich adoptieren“, sagte Milan.

Bea drückte einen Kaugummi aus der Blisterverpackung und schwieg.

„Irgendwie hat Eva von der Adoption erfahren und das war der Grund für den Streit mit ihrem Vater“, fuhr Milan fort, „im Streit stürzt er oder sie schubst ihn, er fällt hin, schlägt sich den Kopf an und bricht sich den Arm.“

„Das sind alles wieder nur Vermutungen“, schnauzte Bea Milan an. „Fakt bleibt aber, dass Evas Vater letztendlich durch einen Kopfschuss getötet wurde, und die Kugel stammte aus Timos Waffe ...“
„... zu der auch Eva Zugriff hatte“, fiel ihr Milan ins Wort.

An diesem Abend zog sich Bea sofort in ihr ehemaliges Kinderzimmer zurück, legte sich aufs Bett und starrte an die Decke. Sie versuchte, die verbliebenen Puzzlestücke zusammenzusetzen, obwohl sich alles in ihr dagegen sträubte. Sie erinnerte sich daran, dass Eva sehr schnell wusste, wo man ihren Vater gefunden hatte, obwohl sie - als Teenager zumindest - nie der Typ für lange Wanderungen in der Natur war. Bea loggte sich in ihr Facebook-Konto ein und scrollte durch Evas Feed. Bilder eines glücklichen und erfüllten Lebens ploppten auf. Mit der Familie im Winterurlaub in Thailand, in Disneyland Paris, Evas neue Nägel, ihre neueste Frisur, viele Sinnsprüche, Spendenaufrufe für Tiere in Not, im Dirndl auf dem Oktoberfest, Evas Laufrekorde und die Streckenführung. Eva mit ihrer Familie beim Wandern. Bea stutzte und betrachtete die Joggingstrecken und Wanderrouten näher. Nicht wenige davon führten am Leichenfundort von Evas Vater vorbei oder waren zumindest in der Gegend. Ein Zufall? Oder der Versuch, in der Nähe ihres Vaters zu sein? Ihr fiel ein, dass Eva sie nie nach Details zu den Todesumständen ihres Vaters gefragt hatte. Vielleicht, weil sie diese schon längst kannte? Eva war impulsiv und konnte auch sehr oberflächlich sein, aber eine Mörderin?

„Bea?“ Bea sah auf, ihre Mutter hatte den Kopf zur Tür reingesteckt und lächelte sie an. „Ich habe einen Marmorkuchen gebacken. Zur Feier des Tages, weil du doch den Fall gelöst hast. Ich bin so stolz auf dich!“

Bea lächelte etwas gequält. „Danke, Mama, das ist lieb. Aber mir ist gerade nicht nach Kuchen. Außerdem hast du schon wieder vergessen anzuklopfen."

Ihre Mutter setzte sich zu Bea ans Bett. „Was ist denn los, Maadla?" Sie legte ihren Handrücken an Beas Stirn. „Bist du krank?"

Bea schüttelte den Kopf. „Mama, weißt du noch, als Eva das letzte Mal hier bei uns war?"

„Freilich."

„Hast du der Eva irgendwas von den Ermittlungen erzählt?"

Ihre Mutter strich ihren Pullover glatt und runzelte die Stirn. Und Bea machte sich Vorwürfe, dass sie die Unterlagen nicht besser weggeräumt hatte.

„Mama, das ist jetzt echt wichtig. Ja oder nein?"

„Sie hat mir so leidgetan, die Eva. Da wollte ich ihr ein bisschen Hoffnung ma..."

„Mama, jetzt sag es endlich."

„Mensch, Bea, mir ist was rausgerutscht. Aber das ist doch jetzt egal. Jetzt hast du doch den Mörder."

„Mama, raus damit."

„Ich habe gedacht, sie weiß es schon."

„Was denn?"

„Na, dass ihr Vater erschossen worden ist."

Das war das fehlende Puzzlestück. Jetzt machte alles einen Sinn. Eva war an dem Abend ihres Besuchs nicht verstört gewesen, weil sie Angst vor Timo hatte, sondern weil sie erfahren hatte, dass ihr Vater erschossen worden war.

PHASE
LOAD
SAVE
NOR
DATA
REV
NOR
ON
OFF MONITOR
TAPE PROGRAM SEARCH SYSTEM
TPSS
STOP·EJECT
SAVE·REC
LOAD·PLAY
REWIND
F.FWD
PAUSE

SEIN LETZTER

WUNSCH

23

Bea wandte sich an Milan. „Hast du die Unterlagen zur geplanten Adoption von Lenka Herzigova?“

Milan nickte und überreichte ihr die Unterlagen, die seine Assistentin von einem Notar in Franzensbad erhalten hatte.
„Die Adoption wurde nur bei dem Notar beauftragt und nie abgeschlossen. Das ist eine Kopie des Originals und die beglaubigte deutsche Übersetzung.“

Bea sah auf die Uhr und atmete durch. „Dann wollen wir mal los.“

Eva saß im Vernehmungsraum und wirkte sehr gelöst. Bea und Milan hatten sie in dem Glauben gelassen, es gehe nur noch um die Klärung einiger Fragen, die im Nachgang zu den Ermittlungen gegen Timo aufgetaucht seien. Das entsprach nicht ganz der Wahrheit, aber eine Lüge war es auch nicht. Milan saß im Nebenraum und beobachtete das Verhör zusammen mit der Staatsanwältin hinter einem Polizeispiegel.

„Hallo, Eva, wie geht es dir?“, begrüßte Bea ihre Freundin betont freundlich, setzte sich ihr gegenüber und schob ihr einen Cappuccino über den Tisch.

„Angesichts der Umstände ... wunderbar“, antwortete Eva und strich sich eine rotblonde Haarsträhne aus dem sorgfältig geschminkten Gesicht.

Timo lag noch immer im Koma und es sah nicht gut für ihn aus. Falls er sterben sollte, würde das Verfahren gegen ihn eingestellt werden.

„Schön zu hören, dass es dir so gut geht. Ich schalte jetzt das Aufnahmegerät ein, da ich deine Aussage mitschneiden muss. In Ordnung?“

„Na klar.“ Eva beugte sich über den Tisch. „Hast du danach Zeit für einen Kaffee? Wie in alten Zeiten?“

Bea lächelte. „Mal sehen, es könnte noch ein etwas längerer Arbeitstag werden.“ Sie drückte auf den Aufnahmeknopf. „Seitdem du bei uns warst, hört meine Mutter überhaupt nicht mehr auf, von ihren Enkela zu reden, die sie gerne hätte.“ Bea rollte mit den Augen. „Dir kann ich es ja sagen ... Meine Mutter fragt mich ständig, wann ich ihr einen Schwiegersohn anschleppe!“

„Genau wie mein Papa“, rief Eva. „Dem konnte ich es auch nie recht machen. Aus mir wollte er immer eine Karrierefrau machen.“

„Eltern“, murmelte Bea und schüttelte den Kopf.

Eva redete sich immer weiter in Rage. „Nie war ich gut genug für Papa. Ich war entweder zu wenig dies, oder zu viel das, aber nie die perfekte Tochter.“

„Du meinst, so wie sie?“ Bea schob ein Foto von Lenka Herzigova über den Tisch. „War sie die perfekte Tochter, die sich dein Vater gewünscht hat?“ Sie legte die Adoptionspapiere daneben.

„Was soll das?“ Eva fegte die Blätter samt Foto vom Tisch.
Bea sammelte sie wieder ein und achtete darauf, Lenka Herzigovas Foto so auf dem Tisch zu platzieren, dass es Eva

ins Gesicht stach. „Du hast dich an deinem Geburtstag mit deinem Vater gestritten“, sie tippte auf das Gesicht von Lenka Herzigova, „wegen ihr.“

Eva schwieg und sah Bea mit zusammengekniffenen Lippen an.

Evas Augen füllten sich mit Tränen. „Woher weißt du das alles?“

„Dein Vater ist während des Streits gestürzt.“
„Das Obduktionsergebnis hat es bestätigt.“ Bea schob Eva eine Box mit Papiertaschentüchern über den Tisch. „Und wir haben eine Zeugenaussage.“

Eva wischte sich über die Augen, der schwarze Kajal verschmierte und die Wimperntusche legte sich wie ein dunkler Schatten unter ihre Augen.

Bea beugte sich über den Tisch zu Eva. „Aber du bist keine Mörderin, Eva. Erzähl mir, was vor zehn Jahren an deinem Geburtstag wirklich geschehen ist.“

Eva blickte zu Boden und schwieg. Dann begann sie, leise zu erzählen. „Papa wollte mich enterben. Nannte mich eine Versagerin und eine Made im Speck.“ Eva sah auf das Foto und die Kopien der Adoptionsunterlagen auf dem Tisch. „Und dann entdeckte ich die vorbereiteten Adoptionspapiere in seinem Safe. Da ist etwas in mir zerbrochen und ich habe ihn geschubst.“ Eva schaute ohne Fokus an Bea vorbei. „Er ist mit dem Kopf gegen seinen Schreibtisch aus Glas gestoßen und dann war plötzlich überall Blut.“

„Wie meinst du das?“, hakte Bea nach.

„Er rührte sich nicht mehr. Aus einer Wunde am Hinterkopf sickerte Blut auf den Teppich. Und auch sein linker Arm lag ganz verdreht da.“ Eva biss sich auf die Lippen. „Ich werde den Anblick mein Lebtag nicht vergessen.“

Bea blickte zum Polizeispiegel, von wo aus Milan das Verhör ungesehen beobachtete. Eva hatte gerade Täterwissen preisgegeben, ihre Aussage deckte sich mit dem Gutachten der Rechtsmedizin.
„Aber er war nicht tot! Er lebte noch! Das weiß ich jetzt!“
Bea nickte. „Ich glaube dir.“

Eva knibbelte an der Haut ihres dunkelblau lackierten Fingernagels und begann zu schluchzen. „All die Jahre hat mich Timo im Glauben gelassen, ich hätte meinen eigenen Vater getötet. Er hat es mich keinen Tag vergessen lassen und mich ausgenutzt und erniedrigt, wo es nur ging. Und als ich das begriff …“ Sie brach ab.

„Das muss ein unglaublicher Schock für dich gewesen sein. Ich kann mir nicht mal annähernd vorstellen, wie wütend du auf Timo gewesen sein musst.“
Eva verstummte und sah Bea mit tränennassen Augen an. „Timo hat meinen Vater erschossen, seinen Wagen in die Tschechei geschafft und auch die Handynachricht an mich geschickt.“
„Und das weißt du, weil …“, begann Bea.
„Er mir in dieser Nacht geholfen hat, alle Spuren des Unfalls und von meinem Vater zu beseitigen.“

SEIN LETZTER

WUNSCH

24

„Gerd Opitz wollte immer die perfekte Tochter, das war sein größter Wunsch …“, sagte Milan nachdenklich, als Bea und er ihren vorerst letzten gemeinsamen Kaffee in der Teeküche der Hofer Dienststelle tranken.

„… und auch sein letzter Wunsch“, vervollständigte Bea Milans Satz, und zum ersten Mal in ihrer Karriere hinterließ die Lösung eines Mordfalles einen bitteren Nachgeschmack bei ihr.

Timo war inzwischen aus dem Koma erwacht und die Staatsanwaltschaft hatte bereits Anklage gegen ihn erhoben wegen des Mordes an Dr. Gerd Opitz. Ob Eva wirklich in Notwehr auf Timo geschossen oder sie ihn mit der Waffe in der Garage überrascht hatte, um sich an ihm zu rächen und ihn aus dem Weg zu schaffen, konnte nicht abschließend geklärt werden. Es stand Aussage gegen Aussage, und Eva war bis zur Gerichtsverhandlung von der Staatsanwaltschaft auf freien Fuß gesetzt worden. Jetzt, kurz vor Weihnachten, postete sie viele Verse aus der Bibel, wo es um Sünde und Vergebung ging, und hatte Bea sogar privat kontaktiert. Doch Bea hatte ihre Nachricht gelöscht, sich auf Facebook von ihr entfreundet und ihr unmissverständlich klargemacht, dass alles, was sie noch miteinander verband, Erinnerungen waren.

Bea begleitete Milan zu seinem grauen Škoda und schüttelte ihm die Hand. Einen Moment lang glaubte sie, er würde sie gleich an sich ziehen und drücken. Besser gesagt, hätte sie es sich gewünscht. Doch er tat nichts dergleichen.

Sie zog eine Packung Nikotinkaugummis aus der Tasche und überreichte sie ihm. „Für dich, zur Erinnerung."

„Na ja, so weit weg bin ich ja auch wieder nicht. Ich schlage vor, du kommst mich mal besuchen. Wir Tschechen haben noch viel mehr zu bieten als Kurhotels und Heilquellen." Er lächelte sein schiefes Lächeln, und Bea redete sich ein, dass das auf gar keinen Fall ein Flirtversuch war.

Ihr Dienststellenleiter hatte Bea ans Herz gelegt, doch mal darüber nachzudenken, ob sie nicht fest für die deutsch-tschechische Dienststelle arbeiten wollte. Dazu müsste Bea aber auch Tschechisch lernen, eine Vorstellung, die ihr immer besser gefiel.

„Dann lade ich dich natürlich auch zu einem echten böhmischen Dreiteiler ein", schob Milan nach und grinste.

„Das hört sich beinahe unanständig an, Herr Svoboda", antwortete Bea und grinste zurück.

„Kommt ganz darauf an, welche Wirkung Schweinebraten, böhmische Knödel und Sauerkraut auf dich haben."

Bea lachte und Milan stimmte mit ein.

„Okay, jetzt will ich aber wirklich wissen, was es mit diesem Schlappentag auf sich hat."

„Also, die Hofer kamen meistens erst am letztmöglichen Tag zu den Schießübungen, und dann immer in Schlappen – damals nannte man so die Holzschuhe, heute meint man damit Hausschuhe. Und heute ist das eben unser Schlappentag. Dabei fließt reichlich Schlappenbier, es gibt einen Umzug, einige werfen auch gerne Schlappen und am Tag vorher gibt's das Schlappenschießen. Der Gewinner darf ein ganzes Jahr kostenlos auf dem Stadtgebiet parken."

„Hört sich lustig an" antwortete Milan, „und ich gehe mal davon aus, dass ich als waschechter Böhme nichts mehr zu befürchten habe?"

Bea lächelte. „Nein, ganz im Gegenteil. Du bist herzlich willkommen."

Dank

Das größte Dankeschön geht an Dido Nitz, die diesen Krimi überhaupt erst ermöglicht hat. Danken möchte ich auch meiner wunderbaren Agentin Luisa Straub, deren Unterstützung für mich unverzichtbar geworden ist. Herzlich danken möchte ich auch meinem Mann Charles Brown und meinen Testleser:innen Elvira Basovic, Sara Martyniuk, Eleni Kokmotou, Vanessa Findeiß, Carmen Dippold, Bettina Ricklefs und Denis Basovic. Durch euch ist die Geschichte noch spannender und authentischer geworden. Danken möchte ich auch Stefan Mayer sowie der fantastischen Sylvia Englert für die wertvollen Tipps und Hinweise.

Impressum

Text: Nina Brown

Bildnachweis
Cover: Shutterstock.com / Bukharova Liia; OlegRi; weerawath.p; Maria Arts; Henri et George; Lipowski Milan; Kaspri; PaSha96; lixun
Innenteil: Shutterstock.com / Maxim Vasiliev; New Africa; Astrid Gast; Jacob Lund; Wakajawaka; Gorodenkoff; Berezovskaya; luchunyu; WichitS; TTphoto; Natalia Lebedinskaia; Sundry Photography; patat; Sergii Koval; Puv-pix; Vasin Lee; Undrey; Freedom Studio; Liubov Ignateva; krsmanovic; Oleg Kolesnyk; felipe caparros; Comaniciu Dan; witita leelasutanon; Dimitrij Derksen; Vlad Linev; Tero Vesalainen; Blachkovsky; Oleksandr Khokhlyuk; krissikunterbunt; CrimeScene; PRESSLAB; Valerii Evlakhov; nadtochiy; Wiro.Klyngz

MIX
Papier aus verantwortungsvollen Quellen
FSC® C002795
FSC www.fsc.org

Gestaltung Cover und Innenteil:
Marielle Enders, www.itsme-design.de

ISBN 978-3-8458-4919-5
www.arsedition.de